연어들의 그림자

김창수 장편소설

# 연어들의 그림자

글누림

　김창수 작가는 어른이지만 마음속에는 대학생이 살고 있다. 그래서일까, 사고방식은 봄날의 감나무 잎처럼 푸르다. 자신이 장편소설을 완성하게 될 줄은 꿈에도 몰랐다고 겸손을 떨면서도 누구보다 부지런히 원고를 채우는 성실한 글쓰기는 높이 본받을 만하다.

　단순하게 은퇴 후 글쓰기도 아니다. 직장에서 왕성하게 활동을 하는 간부 직원으로, 퇴근 후 시간과 주말을 이용해서 글을 쓴다는 것. 더구나 장편소설을 쓴다는 것은 말처럼 쉽지가 않다.

　우리나라 직장 풍습이 퇴근시간이 됐다고 해서 자유로워지지 않는다. 퇴근시간 후도 직장 근무시간의 연장이라 할 수 있을 만큼 글 쓰는 시간을 만들어 내는 것은 쉽지가 않을 것이다. 그런데도 다른 분들에게 뒤쳐지지 않고 동행할 수 있었던 것은 평소 틈틈이 단편을 생산해 낸 경험에 대한 소산이기도 하겠지만, 무엇보다 대학생다운 패기가 글에 대한 열망에 불을 붙여서 일 것이다.

　작품의 소재 또한 대학에 갓 입학을 한 새내기가 어떻게 대학생활을 해나가는지, 그리고 어떠한 모습으로 변해 가는지를 그릇에 담고 있다.

　이십 년 전의 흑백 경험에 컬러를 입히느라 다소 부족한 면이 있을 수 있겠지만, 김창수 작가가 처음 쓰는 장편소설이라는 점을 감안하면 추천사를 써 주는 데에 좁쌀만큼도 부끄러움을 느끼지 않는다.

소설가 **한만수**

# 차 례

추천사 소설가 한만수 __ 5


바늘과 실 _ 9
그 해, 봄의 잔해 _ 27
드림타워 25시간 _ 47
바람 앞에 서 있던 날들 _ 86
키 작은 소나무들의 연가 _ 96
생일파티는 무죄 _ 113
논산으로 달려 간 아이들 _ 122
벚꽃이 피면 광교산에 가야 한다 _ 140
낡은 탁자를 사이에 두고 _ 150
꿈은 깊은 바다 속으로 내려가고 _ 167
정동진역에는 기차가 없다 _ 193
캠퍼스는 추억을 먹고 산다 _ 203
아스팔트 위에서 지는 꽃들 _ 223
졸업 그리고 졸업 _ 230
남쪽으로 길게 휘어진 시간 _ 243


작가의 말 __ 253

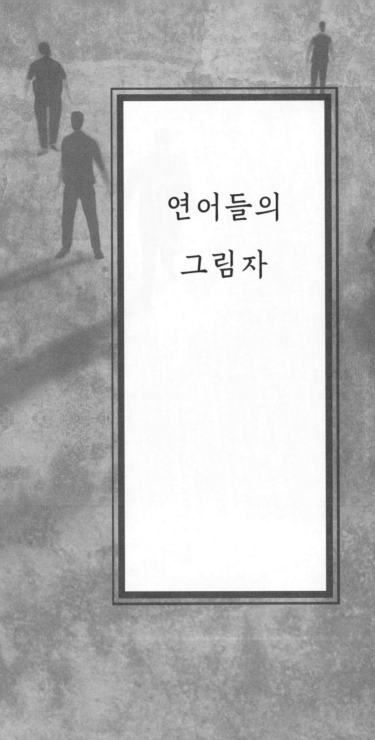

연어들의
그림자

# 바늘과 실

햇살이 은종이를 깔아 놓은 강물에 물까마귀 한 마리가 스치듯 날아가고 있었다. 목이 말랐다. 물까마귀가 사라진 허공에 아지랑이가 피어오르고 있었다. 그는 마른 침을 삼키며 뒤를 힐끔 바라보았다. 강물은 바다로 이어지고 있었다. 지난 4년 동안 떠돌던 바다는 엄숙한 몸짓으로 조용히 어깨를 흔들고 있다. 바다로 다시 돌아간다는 건 죽기보다도 싫었다.

그는 두 눈을 크게 뜨고 정면을 응시하며 걸었다. 바다가 멀어지면서 강물이 우는 소리가 들리기 시작했다. 이제는 이 강을 거슬러 올라가야 한다. 강물이 우는 소리가 점점 크게 들려왔다.

여기구나.

희수가 새벽같이 일어나 대전역에 도착한 시간이 5시 20분이었다.

수원으로 가는 기차 안에서 잠시 눈을 붙일까도 생각했지만 잠이 오질 않았다. 시간이 지날수록 오히려 정신은 맑아지는 느낌이었다.

희수에게 오늘은 남다른 날이다. 원하던 대학에 입학을 했고, 1시간 후에는 입학식이 시작된다.

<2013학년도 경한대학교 입학식>이라고 쓰인 현수막이 시선을 사로잡는다.

너무 일찍 왔나.

희수는 보도블록이 촘촘히 깔린 길을 걸어갔다. 3월이지만 하늘은 2월을 품고 있다. 찬바람이 목깃 속으로 차갑게 파고든다.

희수는 옷깃을 다시 추어올리고 잠바에 손을 집어넣었다. 아스팔트가 넓게 깔린 길을 걸어가니 분홍색으로 칠해진 건물이 보인다. 예술대학이다. 옆으로는 조각실습동이 있고 건너편에는 학생회관, 취업지원센터, 박물관이 줄지어 서 있다. 몇 발자국 걷다 보니 캠퍼스 맵이 우뚝 서 있다. 마음속으로 건물들 숫자를 세어본다. 34개 건물이다.

많기도 하구나. 이 많은 건물들 안에 학생들이 모두 차 있는 걸까.

희수는 놀라움에 건물들을 한참 바라봤다. 이 대학을 다니게 되었다는 현실이 믿기지 않았다. 박물관을 지나자 계단이 펼쳐져 있고, 밑에는 테니스장과 농구코트들이 보인다.

계단을 하나씩 밟으며 내려가니 파란 유니폼을 입은 아주머니가 찬바람에 머리카락을 날리며 청소를 하고 있었다. 희수는 대전에서 채소장사를 하는 어머니가 생각났다. 일찍 아버지를 여읜 탓에 어머니의 고생은 이만저만이 아니었다. 희수의 어머니는 자식만을 위해서 모든 고생을 참고 살아왔다.

"네가 합격했다는 말이냐?"

"합격증서 보여 드릴까요?"

"아니다. 너무 기뻐서 이게 꿈인가 싶구나."

희수가 합격 소식을 알렸을 때 어머니는 희수 얼굴을 연신 쓰다듬으며 주름진 얼굴에 맑은 눈물을 흘렸다.

희수는 어머니 앞에서 약한 모습을 보이기 싫었지만 결국 어머니를 끌어안고 같이 울고 말았다. 어머니는 이제 자신이 죽어도 여한이 없다고 했다. 집이 워낙 가난해서 제대로 학교를 보내지 못한 것에 대한 죄책감은 어머니의 마음 한구석을 늘 채우고 있었다.

어머니는 대전으로 이사 온 이후 단 하루도 쉰 적이 없었다. 처음 일을 한 곳은 대전 시내 변두리에 있는 한정식 집이었다. 아침 8시부터 저녁 10시까지 한 달 동안 일을 하고 받은 돈은 120만원이었다. 몸은 힘들고 마음은 고달팠지만 어머니에게는 큰돈이었다.

희수에게 대학 진학은 꿈같은 이야기였다. 희수는 새벽부터 신문을 돌리고, 낮에는 고물상에서 일했다. 저녁에는 야학에 다녔다.

3년이 지나자 장사할 만큼의 돈이 모였다. 희수와 어머니는 시장 근처로 이사를 했고 곧 채소장사를 시작했다.

"어머니, 오늘은 비가 오는데 일찍 들어가시죠?"

"아니다. 야채는 남으면 밑지는 거다. 먼저 들어가."

혼자 들어갈 수 없었던 희수는 어머니 옆에 쪼그려 앉았다. 시장

통을 지나가는 사람들은 어머니 옆에 앉아 있는 희수를 늘 기특하고 대견하게 생각했다. 그렇게 희수는 낮에는 어머니 일을 도왔고, 밤에는 독학을 하여 대학에 합격했다.

희수의 등 뒤에서 바람 소리가 들렸다. 무심코 뒤로 돌아선 희수는 다시 정문 앞으로 걸어갔다. 정문이 다시 보고 싶어졌다. 많은 현수막 중에서 유독 눈에 띄는 것이 보였다.

<경축 2012 중앙일보대학평가 수도권 1위 우수교육중심대학 전국 4위>

희수는 자신의 대학에 대한 신뢰가 생겼다. 대학을 졸업하면 대단한 출세는 아니더라도 가난에서 벗어나게 될 것이라는 자신감이 생겼다.

희수는 정문 앞에 우두커니 섰다. 두 팔을 높이 들고 하늘을 향해 최대한 크게 벌려보았다. 등 뒤에서 비추는 햇볕이 따사로웠다. 어머니 얼굴이 보이지는 않지만 어머니가 앞에 있는 것처럼 하늘을 향해 입을 열었다.

"어머니, 나 여기 있어요."

희수는 뜨거운 피가 온몸으로 퍼져나가는 것을 느꼈다. 찬바람을 피하기 위해 학생회관으로 들어갔다. 우체국, 편의점, 미용실, 커피숍 등이 나란히 붙어있다. 입학식은 아직도 30분이나 남아 있었다.

희수는 후문으로 나와 계단을 내려가서 주차장을 지났다. 우측으로 빨간색 벽돌 건물을 바라봤다. 중앙도서관이다. 이른 시간인데도 많은 학생들이 보였다.

희수는 흡연구역으로 가서 담배를 꺼냈다. 대학건물들 모두가 다정한 친구처럼 보였고 오래전 헤어진 친구를 다시 만난 것 같은 느낌이었다. 담배를 비벼 끈 희수는 강당으로 발걸음을 재촉했다. 입학식이 10분 남았다.

캠퍼스 중앙에 있는 강당은 특이한 건물이다. 멀리서 봤을 때는 아주 큰 비행접시 같았다. 그 옆에는 타원형처럼 움푹 파인 곳이 있었고 시멘트로 포장된 암층 같은 계단들이 차곡차곡 쌓여있다. 희수는 이곳이 가끔 영화나 드라마에서 보았던 노천극장이란 것을 알았다. 강당 지붕들은 모두 삼각형 이음새로 이어져 있었고, 출입문마다 천 조각을 가져다 붙인 것처럼 모자이크된 유리들이 빼곡히 둘러싸 있었다.

강당 주변에는 벌써부터 많은 사람들로 북적이고 있었다. 손에 꽃을 들고 입학식을 축하하러 온 가족들과 친구들이 사진을 찍느라 입구마다 혼잡스러웠다.

강당 앞에는 단과대학별 부스가 마련되어 있었다. 희수는 인문대학 부스로 갔다. 선배들이 내미는 명단에서 '김희수'라는 이름을 찾아 서명했다. 서명을 하는 손이 긴장으로 가느다랗게 떨렸다.

희수는 강당으로 들어갔다. 강당 안은 찬바람을 무색하게 할 만큼 따뜻한 온기로 가득 차 있었다. 희수는 A열이라고 표시되어 있는 위치에서 맨 뒤쪽 3번째 칸에 앉았다.

무대 앞에는 음대생들로 이뤄진 오케스트라가 자리잡고 있었다. 옆자리에는 희수처럼 신입생으로 보이는 여자 두 명이 가벼운 미소를 주고받고 있었다. 몇 자리 건너편으로는 학부형으로 보이는 여자가 딸의 등을 쓰다듬어 주고 있었다.

희수는 모녀의 모습을 보니 다시 어머니가 생각났다. 오늘같은 날 어머니가 자신의 모습을 보았다면, 입학식에 같이 참석했다면 얼마나 행복해 했을까를 상상했다. 희수는 어린아이처럼 어머니가 그리웠다.

희수는 이 시간에도 채소를 팔고 있을 어머니를 생각하니 마음이 아팠다. 갑자기 세상을 떠난 아버지가 원망스러웠다. 아버지는 중학교 2학년 때 간경변증으로 세상을 떠났다. 아버지는 어머니에게 따뜻했고, 하나뿐인 아들에게도 자상한 사람이었다. 하지만 한 달에 한 번씩 술을 마시면 완전히 다른 사람이 되곤 했다. 그럴 때면 어머니는 미치광이처럼 변한 아버지를 피해 이모네 집으로 갔다.

벚꽃 잎이 바람에 꽃비처럼 날리던 날에도 아버지의 술주정과 폭력은 여전했다. 어머니는 희수를 데리고 여느 때와 같이 이모 집에 피신했다가 홀로 집으로 돌아갔다.

이튿날 희수가 집에 돌아갔을 때, 어머니가 눈두덩에 시퍼렇게 멍이 든 모습으로 부엌에서 나왔다. 희수는 자신도 모르게 주먹을 쥐고 부르르 떨었다.

"안다. 희수 맘 잘 알고 있으니까 어서 방으로 들어가거라. 아침 먹고 학교 가야지."

어머니는 쓴웃음을 지으며 희수의 등을 다독거렸다.

"엄마, 차라리 도망가 버려."

희수가 두 주먹을 불끈 쥐고 눈물을 글썽이며 아버지 방을 노려봤다.

"못하는 말이 없구나. 아버지가 술 드시면 좀 과격하지만 술을 안 드실 때는 좋으신 분이잖아."

희수는 어머니의 부드러운 목소리에 더 이상 말이 나오지 않았다. 어린 마음에도 아버지에게 주먹질을 당한 어머니 마음이 더 아플 거라는 생각이 들었다.

며칠 후, 희수는 수업이 끝나고 친구와 이야기 하면서 집으로 가고 있었다. 집으로 들어가는 입구에서 어머니와 이모의 모습이 보였다. 그녀들은 하얀 상복을 입고 있었다. 희수는 직감적으로 알 수 있었다. 드디어 올 것이 왔구나. 슬픔이나 절망보다는 오히려 잘 됐다는 생각이 들었다. 어머니와 자신을 괴롭히던 아버지가 사라진 것은 잘된 일이라고 스스로를 위로했다.

아버지 장례식이 끝나고 어머니는 이모와 며칠 동안 심각하게 이야기를 나누었다. 어머니는 아버지의 흔적이 남아 있는 집을 싫어했다. 그곳에 특별하게 머물러야 할 이유도 없었다.

"식당에서 일을 하더라도 도시에 나가서 사는 것이 낫겠지."

어머니는 이모와 상의한 끝에 가까운 대전으로 이사하겠다고 말했다. 당장 살 집을 구하는 것이 급했던 어머니는 이모와 며칠 동안 대전을 드나들며 적당한 전세방을 물색했다. 희수는 새로운 친구들을 만나야 한다는 것이 낯설고 서운했지만, 도시로 이사 간다는 사실에 마음이 설렜다.

벚꽃 잎이 지고 푸른 잎사귀가 돋아나기 시작할 무렵, 희수는 어머니와 둘이서 대전으로 이사했다. 그 이후로 어머니는 단 한 번도 아버지 산소를 찾아가지 않았다. 희수는 가끔 아버지 산소 풍경이 떠올랐으나 의식적으로 입 밖에 내지 않았다.

희수는 스피커에서 나오는 안내방송에 귀 기울였다. 입학식 시작을 알리는 방송이었다. 그러고 보니 이미 많은 사람들이 강당 안을 채웠다.

무대에 서 있던 사회자가 마이크를 오른손으로 툭툭 치고 있었다. 신입생들은 되도록 무대 앞쪽으로 나와 달라고 당부했다. 그러나 희수는 그냥 앉아 있기로 했다.

사회자가 2013학년도 경한대학교 입학식을 시작하겠다고 말하자 경쾌한 클래식 음악소리가 들려왔다. 여기저기서 우렁찬 박수소리도 터져 나왔다. 뒤에서는 아직도 많은 사람들이 빈자리를 찾느라 조심스럽게 걸어 다니며 웅성거리고 있었다.

사람들을 바라보던 희수가 입학식 무대 쪽으로 고개를 돌리려고 할 때였다. 한 남학생이 옆자리로 다가왔다.

"빈자리 맞죠?"

남학생은 엉거주춤 일어나고 있는 희수에게 웃는 얼굴로 물었다.

"네."

희수가 작은 목소리로 대답하며 의자에 앉았고, 남학생은 무표정으로 옆자리에 털썩 주저앉았다. 남학생은 검은색 모자를 벗어 자신의 다리 위에 올려놓고, 빨간색 잠바를 벗더니 둘둘 말아 등 뒤에 쑤셔 놓았다.

희수는 고개를 돌려 남학생을 바라봤다. 겨울인데도 반팔티를 입고 있는 남학생은 머리는 군인처럼 짧고, 팔뚝과 허벅지는 운동선수처럼 다부져 보였다. 특히 눈썹이 짙었는데 숯덩이를 갖다 붙인 것 같았다.

불이 꺼지고 대학을 안내하는 8분짜리 홍보영상이 시작되었다. 잠시 뒤, 눈부실 정도로 불이 켜졌다. 희수는 갑작스러운 밝은 빛에 움찔 놀랐다. 안경을 벗고 잠시 두 손으로 눈을 비비고 있을 때 옆에 있던 남학생이 두 팔을 크게 벌려 기지개를 켰다. 눈이 마주쳤다. 희수는 흠칫 놀란 표정으로 고개를 앞으로 돌렸다. 남학생이 옆에서 자신을 보고 있다는 느낌이 들었다. 희수는 마른 침을 삼키며 고개를 돌렸다. 다시 눈이 마주쳤다.

"신입생이세요?"

"네."

"어디?"

"영문학과입니다."

남학생은 하얀 덧니를 드러내 보이며 두 눈을 크게 떴다. 남학생의 목소리가 워낙에 커서 주위 사람들 시선이 하나로 모아졌다. 희수는 얼굴이 빨개져서 시선을 내렸다. 남학생은 왼손에 모자를 들고, 오른손을 내밀었다. 희수도 얼떨결에 그 손을 잡았다.

"박한결이야. 이름이 뭐야?"

한결이라는 남학생은 희수의 손을 계속 흔들어댔다.

"김희수."

한결은 희수의 어깨를 감싸며 흔들었다. 멀리서 보면 후배 어깨를 다독이며 충고하고 있는 것처럼 보였다.

희수는 주위를 훑어보았다. 누구도 보고 있지 않았다. 다행이었다. 한결은 악수가 끝났는데도 계속해서 희수의 얼굴을 바라보며 덧니를 자랑하고 있었다.

입학식은 마지막 순서를 기다리고 있었다. 최근 대학생들로부터 인기가 많은 스타 교수가 축사를 시작했다.

"끝까지 다 볼 거야?"

한결은 다시 고개를 돌려 하얀 덧니를 드러내 보였다.

"왜?"

"그만 나가자."

한결은 희수 손을 잡더니 자리에서 벌떡 일어났다. 희수는 워낙 순식간에 일어난 일이라 어리둥절했다. 중간에 손을 뿌리치려고 힘을 주어봤지만 꿈쩍도 하지 않았다.

희수는 얼떨결에 한결의 손에 이끌려 복도로 끌려 나갔다. 한결은 들고 있던 잠바를 입었다.

"체질에 안 맞아."

희수는 빨개진 손목을 만졌다. 한결의 온기가 남아 있었다. 같은 신입생이라고는 하지만 무례하다는 생각이 들었다. 희수는 자신도 모르게 눈살을 찌푸렸지만, 한결은 잠바에 손을 집어넣은 채 화장실 표지판을 보고 있었다. 희수는 화가 났지만 입학식 첫날부터 시끄러운 것은 싫었다. 한결은 복도 끝을 바라보다가 화장실이 있는 곳으로 걸어갔다.

희수는 복도에 홀로 남아 창밖을 바라봤다. 앞에는 항아리를 쌓아놓은 것 같은 조각물이 있었고, 옆으로는 하얀색으로 칠해진 탑이 우뚝 서 있었다.

희수는 화장실 쪽을 바라보다가 쓴웃음이 나왔다. 한결의 덧니가 생생하게 떠올랐다. 입학식 첫날부터 괴물을 만난 것 같은 생각이 들었다. 괴물이라고 생각하니 웃음이 멈추질 않았다. 희수가 난간을 붙잡고 고개 숙인 채 웃고 있을 때 한결이 다가왔다.

"뭐해?"

한결이 또 다시 입을 크게 벌리고 덧니를 드러냈다.

"아니야."

"담배 펴?"

한결은 바지 주머니에서 담배를 꺼내며 희수의 위아래를 훑어보았다.

"집이 어디야?"

"대진."

"멍청도구나. 난 춘천이야."

한결은 희수에게 담배를 주었다.


한결은 춘천 토박이다. 어렸을 적부터 춘천을 떠나본 적이 없었다. 초등학교 시절부터 고등학교를 졸업할 때까지 누나가 어머니 역

할을 대신했다. 아버지에 대한 기억은 없다. 그렇다고 어머니에 대한 추억이나 기억이 있는 것도 아니었다. 삼남매 중 막내였지만 응석을 받아 줄 사람은 어디에도 없었다. 형이 아버지였고, 누나가 어머니였다.

한결은 어머니가 생각날 때면 책상 서랍에 몰래 감추어 두었던 어머니 사진을 꺼내들고 소양강으로 달려갔다. 바지 주머니에서 사진을 꺼내들고 멀리 보이는 소양강 처녀상을 바라봤다. 어머니와 많이 닮았다고 생각했다.

한결의 몸이 아플 때면 소양강 처녀상이 꿈에 나타났다. 그럴 때면 어머니가 하늘나라에서 자신을 지켜보고 있다고 생각했다.

한결의 집은 소양강 근처에 있었는데 집 옆에는 아버지가 농사를 지었던 땅도 있다. 형은 일찍부터 농사를 시작했고 중학교를 졸업하고는 더 이상 공부하지 않았다. 누나도 고등학교를 중퇴하고 집안일을 도왔다. 형과 누나는 나이 차이가 많은 막냇동생을 대학까지 공부시키겠다고 다짐했다. 일찍 세상을 떠난 어머니 유언이기도 했다.

고등학교 2학년 여름방학 때 한결은 친구들과 가출을 했다. 특별한 이유는 없었다. 가출이라고 하지만 남이섬에 텐트를 치고 5일 동안 먹고, 자고, 놀다가 집에 들어왔다. 막바지 여름이었지만 아침부터 뜨거운 햇볕이 소양강 전체를 뒤덮고 있었다.

한결이 집 안으로 들어가자 마당 한가운데에 놓인 평상에는 형과 누나가 앉아있었다. 평상 가운데에는 책들이 있었다.

"어디 갔다 와?"

형이 굳은 표정으로 한결의 얼굴을 응시했다.

"너 누나하고 온 동네를 얼마나 찾아 헤매고 돌아다녔는지 알아?"

할 말이 없는 한결은 어깨에 메고 있던 가방을 평상 위에 내려놓았다.

"미안해. 형."

형은 평상 한가운데에 있던 책들을 내려보다가, 한결의 얼굴을 다시 바라봤다.

"대학 안 갈 거면, 일찌감치 농사일이나 배워라."

"농사?"

"어떡할래?"

형은 금방이라도 책들을 불에 태울 기세였고, 누나는 고개를 숙인 채로 책들만 바라봤다. 한결은 잠시 뜸을 들이다가 대학에 가겠다고 했다.

"잘못했어."

형은 평상에서 천천히 일어나더니 한결을 꼭 안았다. 한결은 몸을 움직일 수 없었다. 형의 눈가에 눈물이 매달려 있었다. 평상시 말이 없는 형의 꾸지람은 무겁고도 깊었다.

한결은 책을 들고 방으로 들어왔다. 문틈으로 형의 뒷모습이 보였다. 형은 삽과 물통을 들고 나가고 있었다. 목이 메어왔다. 밖에 있었던 책들은 일광욕을 한 것처럼 뜨거웠다.

미안해. 형.

미안해. 누나.

밖에서는 개 짖는 소리와 경운기 모터 돌아가는 소리가 뒤엉켜 들려왔다.

한결은 강당 안에서 들려오는 우렁찬 박수 소리에 고개를 돌렸다. 희수가 담배를 입에 물자 불을 붙여주었다.

"기숙사 봤어?"

한결은 담배에 불을 붙이며 물었다.

"아직."

"홈페이지에서 봤는데 끝내줘."

한결은 담배 연기를 내뿜으며 기숙사가 보이는 방향으로 고개를 돌렸다. 기숙사는 쌍둥이처럼 똑같은 2개의 건물로 되어 있었고, 어느 곳에서도 훤히 보였다.

"난 몇 층일까."

한결은 다시 고개를 돌려 기숙사를 바라봤다. 희수는 다시 한결이 괴물처럼 보였다. 공부하러 온 건지, 기숙사에 놀러 온 건지 알 수 없었다. 희수는 멍하니 서 있는 한결의 얼굴을 바라보다가 괜히 웃음이 나왔다.

희수는 기숙사를 신청하기 전에 근처 원룸을 알아 본 적이 있다. 하지만 계약금과 비싼 월세 때문에 자취는 엄두도 낼 수 없었다.

"형이 도와주기는 했지만, 등록금 마련하느라 힘들었어."

한결은 심각한 표정을 지으며 희수에게 말했다.

"나도 사실은……."

희수는 더듬거렸다.

"당장 알바 자리를 알아 봐야겠어."

한결이 아르바이트 이야기를 꺼냈다.

희수는 한결에게서 동지애를 느꼈다. 어느새 자신의 처지를 먼저 이야기하고 있었던 것이다. 처음 보는 사람에게 스스럼없이 대하는 용기는 어디에서 나오는 건지 궁금했다. 입 안에서 운명, 인연이란 두 단어가 서로 맞물리며 톱니바퀴 돌아가듯 돌아가고 있었다.

한결은 다시 기숙사를 바라보며 걸어갔다. 입학식이 끝나면 혼잡할 테니 먼저 가서 짐부터 찾자고 했다. 강당 안에서는 걸 그룹의 마지막 축하공연 노랫소리가 밖에까지 들려오고 있었다.

희수와 한결은 중앙도서관을 지나서 천천히 걸어갔다. 운동장 옆에 <진리관>이라고 쓰인 건물이 보였다. 강당에서는 기숙사가 가까이 있는 것처럼 보였지만 막상 걸어가 보니 꽤 멀었다. <애경관>이라고 쓰인 건물을 지나자 내리막길이 나타났다. 정면으로는 운동장이 시원하게 펼쳐져 있다.

한결은 앞장서서 걸었다. 희수는 그 뒤를 따라서 묵묵히 걸었다. 기숙사 입구에는 '드림타워'라고 쓰인 커다란 간판이 붙어있었다.

한결은 고개를 들어 하늘을 쳐다보았다. 끝이 보이질 않는다.

"끝내주네."

한결은 놀이동산에 놀러 온 초등학생처럼 흥분된 얼굴을 감추지 못했다.

남학생동 입구에는 신입생들의 가방과 종이박스들이 바닥에 즐비하게 놓여 있었다. 희수와 한결은 어렵지 않게 자신들의 가방과 이름이 적혀있는 종이박스를 찾았다. 한결이 가방을 메고 사무실로 들어가려고 하자 어떤 남자가 나왔다.

"신입생들이야?"

오른손에 종이를 들고 있던 남자는 희수와 한결에게 종이를 내밀며 서명란에 사인을 하라고 했다.

"김희수 학생은 1001호, 박한결 학생은 1005호."

남자는 검은색 가방에서 카드 2장을 꺼냈다.

"받아."

한결은 카드를 받으며 남자의 얼굴을 무심히 바라봤다.

"같이 쓰면 안 될까요?"

희수는 한결과 남자의 얼굴 표정을 주시하며 카드를 바지 주머니에 넣었다. 남자는 이미 호실 배정이 끝나서 곤란하다고 했다.

"우린 같은 동네 삽니다."

"어딘데?"

"춘천입니다."

"나도 춘천인데."

남자는 두 눈을 동그랗게 뜨면서 미소를 지었다.

"춘천 어디 살아?"

"신북읍이요."

"고등학교는?"

"춘고 나왔습니다."

"그래? 친구 놈들 중에서 춘고 출신 많은데."

남자가 환하게 웃었다. 남자는 호실 배정을 다시 확인해 보고 알려주겠다고 했다. 하지만 너무 기대하지 말라는 말도 덧붙였다.

한결은 엘리베이터로 성큼성큼 걸어갔다. 희수는 남자의 얼굴을 힐끔 쳐다보다가 눈이 마주치자 고개를 돌렸다.

"춘고 나온 거 맞아?"

"어."

"난 아니야."

"평생 볼 것도 아닌데……."

"넉살도 좋다."

한결은 또 다시 입을 크게 벌리고 하품을 했다. 덧니가 반짝거렸다.

"춘천인 줄 알았어?"

"그냥 찍은 거야."

희수는 방에 들어와 가방과 종이박스를 책상 위에 올려놓고 커튼을 젖혔다. 수많은 차들이 목적지를 향하여 달리고 있었고 광교산은 병풍처럼 펼쳐져 있었다. 방은 2인 1실 구조였다. 방은 온통 하얀색으로 칠해져 있고, 바닥은 나무로 되어 있었다. 화장실은 편하게 샤워할 수 있는 공간이 충분했다. 침대에 누워 맞은편 룸메이트 침대를 물끄러미 바라봤다. 방금 전에 헤어진 한결이 생각났다.

괴물 같은 놈.

희수는 가방에서 책들과 세면도구를 꺼냈다. 책들을 책상 위에 올려놓을 때 경쾌한 초인종 소리가 울렸다. 문 앞에는 한결이 가방과 종이박스를 들고 멀뚱히 서 있었다.

"아무래도 같은 방 쓰고 싶다. 다시 한 번 부탁해 볼까?"

한결은 금방이라도 방으로 들어올 것처럼 서성거렸다.

"그만 하자."

희수는 첫날부터 시끄럽게 하고 싶지 않았다. 돌아가는 한결의 발소리가 나지막하게 들려왔다.

희수는 다시 침대에 누웠다. 긴장이 풀려서인지 잠이 오기 시작했다. 눈을 감자 어디선가 어머니의 목소리가 들려왔다.

"공부도 중요하지만 좋은 친구를 사귀어야 한다. 진심이 가득 찬 친구를 만나야 한다."

어머니는 객지에서 마음을 주고받을 만한 벗이 없었다. 그래서 자식만큼은 좋은 친구들과 어울려 지내기를 늘 원했다.

어머니의 말이 생각난 희수는 벌떡 일어나 1005호로 갔다. 한결의 가방과 종이박스가 바닥에 널브러져 있었다.

"내려가 보자."

"아싸!"

한결은 희수를 끌어안았다. 희수도 한결의 손을 잡았다. 괴물 같은 친구가 귀찮지는 않았지만 예쁘지도 않았다. 바람처럼 스쳐 지나가는 것이 느껴졌을 뿐이었다. 어머니가 말했던 진심이 가득 찬 친구. 희수는 1층으로 내려가며 생각했다.

이 친구가 옆에 있으면 외롭지는 않겠다.

# 그 해, 봄의 잔해

　오늘은 영문학과 선후배들이 인사를 하는 행사가 예정되어 있었다. 은서는 기숙사에 들어온 이후로 정신없는 날들을 보냈다. 입학식을 할 때만 해도 추웠지만, 봄이 성큼 다가와 있었다. 강당 주변에는 벚꽃들이 피기 시작했고, 가벼운 카디건 하나만을 걸치고 돌아다녀도 춥지 않았다.

　은서는 기숙사에서 혼자 방을 쓰고 있었다. 처음에는 룸메이트와 같이 사용할 거라고 생각했지만, 호실 배정을 받던 날 1인 1실 구조가 있다는 것을 알았다. 좋다고 해야 할지, 나쁘다고 해야 할지 판단이 서질 않았다. 혼자 쓰면 편할 것 같았지만 아니었다. 가끔은 심심하고 외로웠다.

　은서가 가장 많이 간 곳은 학생회관 안에 있는 우체국이었다. 부산에서 언니가 택배를 부지런히 보내왔던 것이다. 처음에는 옷을 보내더니, 헤어드라이기, 화장품, 옷걸이, 심지어는 조카 사진까지 보내왔다.

은서가 책을 정리하고 있을 때 친구 규리의 전화가 왔다.

"미용실 가자."

"지금?"

규리는 왼손으로 V자를 그려 보이며 앞서 걸어갔다. 미용실은 학생회관 1층에 있었다. 입구에는 'JOO HAIR'라는 간판이 붙어있었고 생각보다 학생들이 많지 않았다. 이곳을 지나칠 때면 항상 학생들로 붐볐기 때문에 들어가는 것은 엄두도 못 내곤 했었다.

은서는 규리와 나란히 앉아서 차례를 기다리고 있었다.

"오늘 선후배 인사하는 날 맞지?"

"응."

"어쩐지 미용실에 가고 싶더라고."

은서는 잡지책을 보다가 규리의 옆모습을 힐끔 바라봤다.

"선후배 인사하고 미용실하고 무슨 상관이야?"

"선배들에게 잘 보여야지."

"그래서 미용실에 같이 가자고 한 거야?"

"아니었어?"

은서와 규리는 서로 얼굴을 마주보며 깔깔대고 웃었다.

은서는 선배들에게 잘 보이고 싶은 생각은 처음부터 없었다. 선배들 모습이 궁금했을 뿐이었다. 입학식이 끝나고 오리엔테이션에서 키가 큰 남자 선배와 검은색 뿔테 안경을 쓴 여자 선배가 생각났다.

두 사람은 신입생들을 데리고 캠퍼스 구석구석을 돌아다녔다. 마치 여행사 가이드 같았다. 날씨는 추웠지만 즐거웠던 시간이었다. 규리를 처음 만난 것도 그날이었다.

선후배 모임 장소는 후문에 있는 '더부엌'이라고 하는 퓨전 술집이었다. 은서와 규리는 2층으로 올라가 조용히 문을 열고 들어갔다. 안에는 이미 많은 사람들이 자리를 메우고 있었다. 자리마다 칸막이가 설치되어 있었지만 사람들 얼굴은 쉽게 볼 수 있었다. 탁자 위에는 술들이 놓여 있었고, 퓨전 안주들이 놓이기 시작했다. 누가 선배고, 신입생인지 알 수 없었다.

규리는 은서의 손을 잡고 구석 끝에 있는 탁자로 갔다. 비어 있는 탁자라고 생각했지만 남학생 한 명이 홀로 앉아있었다. 은서와 규리는 조용히 의자에 앉았다. 남학생은 은서와 규리를 물끄러미 바라보다가 벌떡 자리에서 일어났다.

"유원준이라고 합니다."

은서와 규리도 얼떨결에 자리에서 일어났다.

"우리도 신입생이야."

은서와 규리는 크게 웃지도 못하고, 입을 가린 채 키득거렸다. 원준은 자리에 주저앉으며 두 손으로 얼굴을 가렸다.

아! 쪽팔려.

은서와 규리는 앉지도 서지도 못하는 상황이 되어버렸다. 은서와 규리가 머뭇거리고 있을 때, 불이 환하게 켜지더니 어디선가 사회자의 목소리가 들려왔다.

"신입생들은 모두 앞으로 나와."

사회자는 신입생들을 훑어보고는 임원들을 차례대로 소개한 뒤, 합동으로 인사를 시켰다. 여기저기서 박수 소리와 고함소리가 들려왔다. 옆에 있던 규리가 은서에게 귓속말을 했지만 주위가 너무 시끄러워서 하나도 듣지 못했다.

은서와 규리는 자리로 돌아와 앉았다. 신입생들은 선배들에게 술을 따라주며 신고식을 하느라 정신이 없었다. 규리는 눈치를 보다가 은서와 원준에게 말했다.

"우리도 선배들에게 술 돌려야 하는 거 아냐?"

원준은 규리 말을 무시한 채 아무 말 없이 밖으로 나가버렸다. 은서와 규리는 서둘러 선배들 자리로 가서 술을 따르기 시작했다. 구석에 있는 동그란 탁자를 지나갈 때 누군가 은서 손을 잡았다.

"이름이 뭐꼬?"

사투리에 깜짝 놀란 은서가 걸음을 멈추었다. 언젠가 영문학과 동아리 방에서 봤던 선배가 실실 웃으며 물었다.

"노은서라고 하는데예……."

"집이 어디고?"

"부산입니더."

"부산?"

은서는 말꼬리를 흐리며 선배가 잡은 손을 뺐다.

"내도 부산이다."

은서는 부산이라고 하는 선배 말에 몸이 굳어지는 느낌을 받았다.

대학에 입학해서 처음으로 써 본 사투리였다. 놀란 건 선배의 사투리를 듣고는 자기도 모르게 사투리가 튀어나왔다는 것이었다.

선배는 같은 부산 사람이라며 은서에게 술을 따라주었다. 선배는 계속해서 사투리로 이야기했고, 은서는 되도록 말을 하지 않았다. 시간이 지날수록 선배의 사투리는 크게만 들려왔다.

은서는 고등학교를 졸업할 때까지 사투리를 많이 사용할 만큼 주변에 사람들이 많지 않았다. 친구들도 많지 않았기 때문에 대부분의 말 상대는 언니였다. 언니는 어려서부터 늘 부산이 싫다고 했다. 특히 사투리를 쓰는 아버지를 몹시 싫어했고 심지어는 부산사람들 모두를 싫어했다. 언니는 되도록이면 사투리를 쓰지 않으려고 무던히 노력했다.

은서 아버지는 동네에서 조그마한 부동산을 했지만 집에 있는 날이 별로 없었다. 은서도 아버지와 따뜻한 밥 한끼를 같이 먹어 본 기억이 거의 없었다. 어머니는 은서가 중학교 1학년 때 무더운 여름날 홀연히 세상을 떠났다. 4살 위인 언니는 어머니를 점점 닮아갔다. 날이 갈수록 언니는 아버지와 싸우는 일이 많아지기 시작했고 악녀처럼 변해갔다.

어느 무더운 장마철, 비가 많이 온 날이 있었다. 아버지는 초저녁부터 술에 취해 언니를 붙잡고 하소연을 하고 있었다. 언니는 무릎을 꿇고 있다가 벌떡 일어나더니 마당에서 물을 한 사발 떠와서는 누워 있는 아버지에게 부어버렸다. 아버지는 머리끝까지 화가 나서 빗자루로 언니를 마구 때렸다. 언니는 피하지도 않고 온몸으로 매를

맞았다.

은서는 너무도 무서웠다. 이 상황이 꿈이었으면 했지만 엄연히 눈 앞에서 일어나고 있는 현실이었다.

그날 이후, 언니는 한 달 동안 집에 들어오지 않았다. 저녁노을이 붉게 물든 저녁, 은서 방 창문을 누군가 두들겼다. 언니가 서 있었다. 언니는 자기 옷과 책들을 밖으로 가져오라고 했다. 물건들을 받은 언니는 유유히 어둠 속으로 사라졌다. 멀어져가는 언니 뒷모습을 보던 은서는 괜히 눈물이 나왔다. 언니라고 크게 외쳐보고 싶었지만 목소리가 나오질 않았다. 언니를 영원히 볼 수 없을 것 같았다.

은서는 집으로 들어와 아버지 방을 물끄러미 바라봤다. 불 켜진 방에서는 시끄러운 텔레비전 소리가 비실비실 흘러나오고 있었다. 아버지는 술에 취한 채 곯아떨어져 있을 것이 분명했다. 눈물도 더 이상 나오지 않았다. 화가 났다. 너무 화가 나서 손이 부들부들 떨렸다. 은서는 아버지 방을 한참동안 응시했다.

언니가 집을 나간 후 아버지도 조금의 변화는 있었다. 좋아하던 술도 눈에 띄게 줄었다. 언니는 은서가 대학에 입학하기 2년 전에 결혼을 했다. 언니는 결혼을 하기 전날, 은서와 부둥켜안고 밤새 울었다.

"잘 살아."

"꼭 대학에 가라."

"걱정 마."

"아버지 너무 미워하지 말고"

언니는 닭똥 같은 눈물을 하염없이 흘렸다. 은서는 대학에 합격했을 때도 제일 먼저 언니에게 달려갔다. 언니는 믿을 수가 없었는지 합격통지서를 보고 또 봤다. 형부는 공무원이었다. 직장과 가정밖에 모르는 좋은 사람이었다. 하나밖에 없는 처제라며 입학금을 선뜻 주었다. 가장 걱정이었던 사람은 아버지뿐이었다.

집을 떠나기 전날, 아버지는 은서를 불렀다.

"그리됐다."

"괜찮아요."

"공부 단디 해라."

"신경 쓰지 마이소."

은서는 처음으로 아버지가 불쌍하다고 생각했다. 은서는 방을 나왔다. 텔레비전에서 나오는 광고 음악 소리가 등 뒤에서 조용히 들려오고 있었다.

은서는 갑작스런 노랫소리에 사회자를 바라봤다. 마이크를 잡고 있는 사람은 사회자가 아닌 원준이었다.

원준 아버지는 변호사였고 어머니는 대학교수였다. 원준은 공부에 취미가 없어 재수를 했다. 어머니는 원준이 경한대학교에 입학한 것만으로 만족했다. 아버지는 말이 별로 없었다. 반대로 어머니는 말이 많았다.

원준은 고등학교 때부터 대학에 입학하기 전까지 과외를 그만 둬본 적이 없었다. 집으로 돌아와 보면 언제나 과외선생이 먼저 와 있곤 했다. 고등학교 2학년이 되었을 때 수학선생이 집에 와 있었다.

여자 선생이었다. 어머니는 늘 그렇듯 간단한 면접을 봤고, 말이 많은 어머니의 질문에 선생은 진땀을 뺐다. 결국 다음날부터 나오기로 한 선생은 나오지 않았다. 그러나 원준은 실망하지 않았다. 당연히 예상했던 결과였다. 한 번도 과외를 해 보지 못하고 그냥 돌아간 선생들만 해도 축구팀을 만들 수 있을 정도였다. 어머니의 첫 질문은 항상 똑같았다.

"우리 애가 서울대학교에 갈 수 있겠죠?"

어머니는 답변을 들을 때까지 입술을 꼭 다물고 있었다. 하지만 원준은 어머니가 원하는 대학에 갈 수 없었다. 그의 아버지와 어머니는 원준이 법학과에 가서 검사나 변호사가 되기를 바랐다. 그러나 원준은 법학과가 제일 싫었다. 결국 재수를 하게 되었고 과외선생은 계속해서 끊이질 않았다.

그런 원준이 재수를 해서 가까스로 입학한 대학이 경한대학교였다. 법학과는 아니었지만 아버지와 어머니는 영문학과로 만족해야 했다. 원준은 하루라도 빨리 독립해서 부모님 품에서 벗어나고 싶었다. 원준이 경한대학교에 합격했을 때 홈페이지에서 가장 먼저 본 것이 기숙사였다.

드림타워. 괜찮은데.

원준은 기숙사가 제일 마음에 들었다. 어머니를 설득해서 기숙사 생활을 하고 싶었다.

"기숙사 들어갈래요"

어머니는 반대했다. 원준은 몇 차례 어머니를 설득해 보았지만 끝내 허락을 받지 못했다. 공부에 관심이 없는 원준은 자신이 태어나서 해야 할 공부는 이미 대학에 들어오기 전에 다 한 것 같았다. 주위를 보면 대학을 나와서 대학원에 가고, 그것도 모자라 박사과정까지 밟는 사람들이 있었는데, 원준은 그들을 이해할 수 없었다. 공부라면 지긋지긋했다.

원준은 대학을 졸업하면 사업을 하고 싶었다. 그렇다고 큰돈을 벌겠다는 욕심이 있는 것도 아니었고 성공을 하고 싶은 것도 아니었다. 하루라도 빨리 독립하고 싶은 생각뿐이었다.

원준이 기숙사에 들어가겠다고 조르던 날 다음부터 어머니는 더 이상 공부 이야기를 꺼내지 않았다. 대신 조건이 붙었다. 대학을 졸업하면 미국으로 유학을 가야 한다는 것이었다. 원준은 며칠을 고민하다 유학을 가기로 결심했다. 어차피 유학도 독립이라고 생각했고 간 김에 미국에 정착할까도 생각했다. 원준은 4년 후에 미국으로 유학을 떠난다고 생각하니 쓴웃음이 나왔다.

원준은 박수 소리에 눈을 떴다. 노래를 부르는 동안 눈을 감고 있었던 것이다. 가끔 혼자서 동네 노래방에 놀러 간 적은 있었지만, 많은 사람들 앞에서 노래 부르기는 처음이었다.

"목소리 좋은데요?"

"말 놓자."

원준은 은서 앞에 있는 잔에 술을 따라주더니 길게 한숨을 내쉬었다.

"친구 한 명이 더 있었지? 나가자."

"선배들이 보잖아."

"선배면 다야?"

시간이 흐를수록 술에 취한 사람들이 많아졌다. 대화 소리와 노래방 기계에서 나오는 반주 소리가 뒤엉켜 잡음같이 들려왔다. 맞은편에서 집이 부산인 선배가 은서를 부르며 손짓을 했다.

"원준이라고 했지? 금방 올게."

은서는 벌떡 일어나 선배 자리로 가서 술을 따랐다. 선배는 은서를 옆자리에 앉히고는 마냥 즐거워하며 계속해서 술을 마셨다.

"저 새끼는 뭐야? 여기가 유흥주점이야? 좆같은 새끼들."

원준은 남아 있던 술을 한 번에 들이키고는 바닥으로 던져버렸다. '퍽!' 하는 소리와 함께 컵이 산산조각 났다.

"에이 시발놈들."

은서는 자리에 돌아왔지만 원준의 모습은 보이지 않았다. 규리도 없었다. 너무 긴장한 탓인지 다리가 후들거리고 속이 울렁거렸다. 사회자가 행사를 시작했을 때 담배는 밖에서 피워달라고 했던 것 같은데, 행사장 안은 이미 담배 연기와 술 냄새가 진동하고 있었다.

은서는 졸음이 몰려왔다. 일부러 고개를 숙이고 바닥을 내려다 봤다. 눈이 감겼다. 규리를 부르고 싶었지만 고개를 들 수가 없었다. 귓가에는 여전히 대화 소리와 반주 소리가 뒤엉켜 들려왔다.

은서는 점점 머리가 무거워졌다. 속이 울렁거렸다. 맑은 공기가 필요하다고 생각했다.

"노은서 맞지?"

"어."

"난 박한결이야. 선배들에게 인기 좋더라."

은서는 손에 힘을 주고 겨우 일어났다. 한결의 덧니가 조명등에 반짝거렸다.

"졸고 있으면 어떡해? 따라와."

한결은 밖으로 나갔다. 은서는 그 뒤를 따라갔다. 문이 닫혔는데도 누군가의 노랫소리가 밖에까지 흘러나오고 있었다. 지나가는 저녁 바람이 머리카락을 건드렸다. 바람 속에서 술 냄새가 났다.

은서는 한결의 뒷모습을 찾다가, 앞에 있는 2층 건물을 바라봤다. 벽면을 모두 나무로 만든 특이한 건물이었다.

한결은 계단을 밟으며 올라가다 뒤를 돌아다보았다.

"빨리 와."

은서는 나무로 된 계단을 천천히 밟으며 올라갔다. 2층은 술집이었고, 바닥도 식탁도 모두 나무였다. 심지어 의자도 모두 나무였다. 마치 오두막집에 들어온 것 같았다. 스피커에서는 조용한 통기타 소리가 흐르고 있었다. 포근했다.

한결은 끝에 있는 창가 옆 식탁으로 걸어갔다. 규리가 보였다.

"언제 왔어?"

"끌려왔어."

규리가 두 손을 모으고 수갑을 차는 흉내를 냈다. 은서는 쓴웃음을 지으며 규리 옆에 앉았다. 앞에는 처음 보는 학생이 창밖을 바라보고 있었다. 단정히 깎은 검은 머리, 은색으로 도금된 낡은 안경테,

37

물이 빠져 색이 바랜 청색 셔츠, 무슨 생각을 하고 있는지 알 수 없는 눈동자.

"선배님?"

"룸메이트야. 이름은 김희수."

한결은 희수의 어깨를 감싸 안으며 엄지손가락을 추켜올렸다.

"미안."

희수는 은서의 눈을 바라보다 온몸이 굳어지는 느낌을 받았다. 은서의 눈에서 어머니의 모습이 보였다. 언젠가 낡은 사진첩에서 보았던 어머니의 젊은 시절 흑백사진 한 장이 떠올랐다. 어느 봄날, 아버지와 함께 찍었던 사진이었다. 희수는 창밖을 바라봤다. 가로등 불빛이 아스팔트 위에 걸려 있었다.

은서는 창밖만 내려다보고 있는 희수가 불편했다. 선배님이라고 했던 말에 화가 난 것 같았다.

"기분 나빠?"

희수는 은서의 질문에 당황했다. 자신의 모습이 기분 나빠 보였다는 것이 오히려 미안했다.

"그런 거 아니야."

은서는 희수 얼굴을 똑바로 쳐다보며 생글생글 웃었다.

희수는 은서의 검은 눈동자가 자신의 눈 속으로 빠르게 들어오고 있는 것 같았다. 또 다시 어머니의 젊은 시절 흑백사진이 눈앞을 스치고 지나갔다. 희수는 은서의 눈을 볼 수 없었다. 희수는 옆에 있는 창문 손잡이를 돌려 밖으로 밀었다. 조그마한 바람이 창문을 비집고 들어왔다. 바람 속에는 아카시아 꽃향기가 진하게 묻어있었다.

"따라줄까?"

은서는 희수의 잔에 술을 따랐다. 희수는 한 모금 마시고는 다시 창밖을 바라봤다. 은서도 아무 말 없이 창밖을 바라봤다. 어두워진 거리 위로 가로등 불빛만이 나무들을 비추고 있었고, 사람들도 하나 둘씩 사라져가고 있었다.

중간고사가 이틀 앞으로 다가왔다. 중간고사가 끝나면 축제가 기다리고 있었다. 대동제였다. 희수는 처음 보는 중간고사가 부담스러웠다. 영문학개론, 영어문법1, 2까지 모두 어렵기만 했다. 4년 동안 공부해야 할 전공을 1학년 때 끝내는 것 같았다. 선배들은 중간고사보다도 축제에 관심이 많아 보였다.

중앙도서관 옆에는 축제를 알리는 <잠자는 당신의 심장을 뛰게 하라>라고 쓰인 현수막이 붙었다.

한결은 심장이 두근거렸다. 대학에 입학해서 처음으로 맞이하는 축제기 때문이었다. 춘천에서 대학 축제를 본 적이 있었는데 그때는 먼 나라 축제 같이 느껴졌었다.

희수는 중간고사 준비를 마무리하고 중앙도서관을 나왔다. 입구 쪽으로 은서가 걸어오고 있었다.

"어디 가?"

"기숙사."

은서는 중간고사 준비에 잠을 제대로 못 잔 것 같았다. 눈 밑에 다크서클이 보였다. 희수는 은서와 기숙사로 향했다. 여기저기 축제를 알리는 현수막이 바람에 나부끼고 있었다. 축제 마지막 날에는 걸 그룹이 온다는 소문도 있었다.

운동장에는 벌써부터 축제 마지막 날 공연을 위한 무대제작이 한창이었고 해담솔터 앞에는 암벽타기를 위한 커다란 돌기둥이 만들어지고 있었다. 그 옆에서는 미술대학 학생들이 대형거북이 조각상을 만들고 있었다.

희수와 은서가 주차장 옆 오솔길을 걸어갈 때, 낯익은 3학년 선배와 마주쳤다.

"어디 가?"

"기숙사에……."

"덕문관 앞에 모이는 거 알지?"

배가 불룩하게 나온 선배는 인문대학 건물인 덕문관을 향해 손가락을 추켜올렸다. 영문학과는 덕문관 앞에서 축제 행사를 위한 준비를 하기로 되어 있었다. 희수와 은서는 어떤 일을 하게 될지 궁금했다.

덕문관 앞에는 영문학과와 불문학과 학생들이 모여 있었다. 2학년 선배들은 덕문관 주변에 간이천막들을 세우고 있었다. 파란색 천 조각이 지붕이었고 플라스틱 탁자와 의자들이 놓이기 시작했다. 희수와 은서가 멀뚱히 바라만 보고 있을 때 한결과 규리가 옆으로 왔다.

"뭐하는 거지?"

"글쎄."

한결과 규리가 의자들을 정리하고 있을 때, 학회장이 앞으로 나와 마이크를 잡았다.

"학회장입니다. 각 조장들은 인원을 확인해서 알려주세요."

학회장은 마이크를 탁자 위에 올려놓고는 덕문관 앞으로 걸어갔다. 조장들은 대부분 3학년 선배들이었다.

캠퍼스 안은 오후 4시가 넘어가자 많은 학생들로 북적거리기 시작했다. 평일인데도 광교산을 찾은 등산객들까지 몰리자 발 디딜 틈이 없었다. 단과대학별로 학생들이 준비한 천막에서는 파전, 도토리묵, 어묵, 막걸리 등을 팔고 있었다. 한결과 규리는 햄버거를, 희수와 은서는 칵테일을 파는 일이었다. 그나마 햄버거를 파는 일은 쉬운 편이었다. 매장에서 직접 가져온 불고기버거나 햄치즈버거를 팔기만 하면 됐다. 문제는 칵테일이었다. 진토닉과 칵테일 원액을 적당히 혼합해서 만들어야 하는데 생각보다 어려웠다.

저녁 6시가 넘어가자 야간 등 불빛들이 하나둘씩 켜지기 시작했고, 장사를 하는 천막마다 불이 들어오기 시작했다. 축제의 밤이 시작되었다. 밤이 되어도 축제의 열기는 식지 않았고 오히려 더욱 뜨거워지기 시작했다. 희수와 은서는 8시가 지나서야 일이 끝났다. 다음 조는 교대시간 20분 후에야 도착했다.

"많이 팔았어요?"

"조금."

희수 눈에는 은서가 많이 힘들어 보였다.

"힘들지?"

희수가 은서 팔을 잡으며 수건을 건네주었다. 그들은 꼬박 5시간을 서 있었다. 희수는 은서를 데리고 덕문관 뒤편으로 갔다. 한결과 규리는 잔디밭에 돗자리를 깔고 앉아서 쉬고 있었다.

"많이 팔았어?"

한결은 일어나 두리번거리더니 덕문관 앞으로 걸어갔다.

"힘들지?"

"장난 아닌데."

은서는 규리 팔을 주물러주었다. 주위에는 학생들과 등산객들이 돗자리를 깔고 앉아 술을 마시고 있었고, 가로등 불빛들이 자리를 비춰주었다. 멀리 강당 옆 노천극장에서는 경쾌한 음악이 들려오고 있었다.

한결이 막걸리와 파전을 들고 왔다.

"우리도 마셔 볼까?"

한결이 종이컵을 돌리고 술을 가득 부었다.

"축제 죽인다."

희수는 막걸리를 단숨에 들이켰다. 쌓였던 갈증이 해소되는 것 같았다. 축제 분위기처럼 강렬하고 시원했다.

축제가 이런 건가.

은서와 규리도 처음보다는 표정이 밝았다. 한결은 계속해서 막걸리를 가지고 왔다.

"어디서 가져오는 거야?"

한결은 고개를 돌려 덕문관을 가리켰다. 한결은 규리에게 막걸리 통을 흔들어 보이며 종이컵을 다시 주었다.

저녁 8시가 넘어가자 주위에 있던 학생들과 등산객들이 노천극장

쪽으로 자리를 옮기기 시작했다.

"혹시 유원준 봤어?"

한결이 일어나자 학회장이 가까이 다가갔다.

"못 봤는데요."

학회장은 얼굴을 찡그렸다.

"다들 바쁜데 코빼기도 안 보이냐."

학회장은 주위를 두리번거리다가 자리에 앉았다. 은서는 학회장 말에 잊고 있던 원준이 생각났다.

한결은 학회장에게 막걸리를 가득 따라주었다.

"고생들 했다."

학회장은 막걸리를 단숨에 들이켜고는 다시 한결에게 막걸리를 따라주었다.

"유원준 집이 부자야?"

학회장은 두 손으로 깍지를 끼더니 희수와 은서 얼굴을 번갈아 바라봤다.

"종합강의동 주차장에 보이는 하얀색 아우디 차가 원준이 거라 며?"

한결은 목을 거북이처럼 내밀더니 학회장 얼굴을 뚫어져라 바라 봤다.

"집이 부자니 취업 걱정은 없겠네. 부럽다."

학회장은 규리가 따라준 막걸리를 단숨에 들이켜더니 손바닥으로 입술을 닦았다.

"너희는 졸업하면 뭐 할 거야?"

한결은 희수와 학회장 얼굴을 번갈아 보다가 작은 목소리로 말했다.

"취업해야죠."

"취업, 그런 거 말고 구체적인 거 없어?"

"구체적이란게……."

"예를 들면 잘나가는 기업체에 들어간다든가, 영어학원 강사가 된다든가, 이것도 저것도 아니면 대학원에 진학한다든가……."

희수는 학회장의 말이 먼 나라 사람들 이야기처럼 들려왔다. 하지만 졸업을 앞둔 학회장의 얼굴은 사뭇 진지한 표정이었다.

"요즘 취업이 생각처럼 쉽지 않아. 특히 우리 같은 문과생들은 점점 더 어려워."

규리는 시커멓게 탄 학회장 얼굴을 물끄러미 바라만 보다가 힘없이 말했다.

"선배님들은 졸업하면 뭐 하세요?"

"솔직히 대기업은 어려울 것 같고, 영어학원 강사, 공무원 준비, 대학원 진학…… 이것도 저것도 아니면…… 개인 사업하는 사람도 있어. 가지각색이야. 가끔 대기업에 들어갔다는 선배들도 있기는 해."

규리는 고개를 끄덕이며 학회장의 얼굴을 물끄러미 바라봤다.

"살아남으려면 스펙들 많이 쌓아라."

"스펙?"

"나처럼 아무 계획 없이 살다가 쪽박 차지 말고."

학회장은 벌떡 일어나 바지에 묻은 흙을 툴툴 털더니 노천극장 방향으로 황급히 걸어갔다.

노천극장에서 음악 소리가 더욱 크게 들리기 시작했다. 은서와 규리는 그쪽으로 걸어갔다. 희수와 한결도 뒤를 따라갔다. 노천극장 위에는 <2013년 경한인 가왕전>이라고 쓰인 현수막이 붙어있었다. 각 학부에서는 노래와 춤에 소질이 있고 끼가 있는 학생들이 몰려와 있었다.

노천극장은 많은 학생들로 발 디딜 틈이 없었다. 사회자는 마지막 참가팀을 소개했다.

"마지막 팀입니다. 참가번호 12번."

사회자가 나가자, 남학생 2명과 여학생 3명이 무대 위로 올라왔다. 신나는 힙합음악이 대형스피커에서 쏟아져 나왔다. 5명의 학생들은 무대 위를 휘젓고 다니며 춤을 췄다. 자리에 앉아있던 학생들도 모두 일어나 음악에 맞춰 온몸을 흔들었다. 5명의 학생들은 우레와 같은 박수를 받으며 무대에서 내려갔다.

심사위원들이 채점을 하는 동안 무대로 올라온 사회자가 노래와 춤에 자신 있는 학생을 무대 위로 불렀다. 상품도 있다는 말도 덧붙였다.

노천극장은 갑자기 술렁거리기 시작했다. 그러나 여기저기서 웃음소리만 들릴 뿐, 선뜻 나서는 학생이 아무도 없었다.

모두들 눈치를 보고 있는 사이, 한결이 두 손을 번쩍 들고 무대 위로 뛰어갔다. 내려가다 중간에 넘어지기도 했다.

희수는 놀라서 멀뚱히 무대만 바라봤다. 은서와 규리는 토끼처럼 깡충깡충 뛰며 박수를 치느라 정신이 없다.

"박한결 파이팅!"

사회자는 한결을 바라보며 계속 웃었다.

"다리 괜찮아요? 자기소개 좀 하세요."

"영문학과 13학번 박한결입니다."

은서와 규리는 환호성을 질렀다. 반대편에서도 영문학과 학생들의 응원 소리가 들려왔다.

"뭐 하실 거죠?"

"노래하겠습니다."

"제목은?"

"강남스타일 하겠습니다."

사회자는 박수를 치며 무대를 내려갔다.

한결은 음악이 흘러나오자 말춤을 추며 노래를 불렀다.

'낮에는 따사로운 인간적인 여자/ 커피 한잔의 여유를 아는 품격 있는 여자/ 밤이 오면 심장이 뜨거워지는 여자/ 그런 반전 있는 여자 / 나는 사나이/ Eh- Sexy Lady'

한결의 노래가 거의 끝나갈 때쯤, 노천극장에 앉아있던 모든 학생들이 일어나 말춤을 췄다.

한결은 상품으로 여행용 가방을 받았다. 가왕전이 끝나면서 밤 11시가 넘어가고 있었다. 축제의 밤은 끝이 보이지 않았다.

# 드림타워 25시간

희수는 기숙사 생활의 모든 것이 만족스러웠다. 1층에는 휴게실, 문구점, 빨래방, 복사실, 24시 편의점, 서점, 커피숍, 제과점까지 없는 것이 없었다. 그 중에서 제일 기분 좋은 것은 식당이었다. 한끼 식사가 3천원이었고 맛도 좋았다. 지하 1층에는 체력단련실, 사우나실, 당구장, 탁구장, PC방 심지어는 여행사까지 있었다. 기숙사 안에 있으면 굳이 밖에 나가지 않아도 모든 것이 해결되었다. 말 그대로 드림타워였다. 한 가지 힘든 일이 있다면 잘 때 한결이 코를 곤다는 것이었다. 처음에는 피곤해서 그런가 했지만, 시간이 지날수록 더욱 심해졌다. 술을 많이 마신 날은 이까지 갈았다. 어제도 한결은 밤새 코를 골다가 아침에서야 체력단련실로 내려갔다.

"코고는 거 알고 있어?"

"내가?"

"장난 아니야."

희수는 한결의 코를 잡아당기려고 손을 내밀었지만 한결은 재빠르게 화장실로 도망쳤다.

괴물 같은 놈.

금요일이었다. 희수는 중앙도서관에서 늦게 나왔다. 온몸이 뻐근했고, 배도 고팠다. 희수는 기숙사 식당으로 걸음을 재촉했다. 식당에는 몇 명의 학생들만이 밥을 먹고 있었다. 희수는 식판에 밥과 반찬을 차례대로 올려놓은 후에 빈자리에 앉았다. 시간이 늦어서인지 식당에서 평소 학생들로 북적이던 모습은 찾아 볼 수 없었다.

희수는 밥을 입에 넣은 후에 입구 쪽을 바라봤다. 한결이 들어오고 있었다. 옆에는 처음 보는 여자도 있었다. 두 사람의 얼굴은 벌겋게 달아올라 있었고, 밥을 먹고 있는 희수를 보자 한결이 두 손을 허공으로 올리며 마구 흔들어댔다.

"우리 샘님이 외로이 밥을 드시고 계시네."

팔짱을 끼고 있던 여자가 살짝 눈인사를 건넸다. 여자는 어깨에 가방을 메고 있었고, 몸에 바짝 달라붙는 청바지를 입고 있었다. 입술은 빨간색 립스틱을 발라서 영화 속에 나오는 꼬리가 아홉 개 달린 구미호 같았다.

"수아야. 인사해."

"안녕하세요."

"동아리에서 만났어. 동물봉사동아리 '딩고'라고 들어봤어?"

희수는 어이가 없다 못해 한숨이 절로 나왔다. 옆에서 밥을 먹고 있던 학생들이 힐끔거리며 보고 있었고, 희수는 얼굴이 뜨거워지기 시작했다. 희수는 자리에서 벌떡 일어나 퇴식구 쪽으로 걸어갔다.

"희수야, 오늘은 혼자 편히 자라. 난 수아랑 자야겠다."

희수는 손을 흔들어 보이며 엘리베이터 입구로 빠르게 걸어갔다.

딩고?

희수는 침대에 누웠다. 오늘은 한결이 없으니 잠이라도 편히 자야겠다는 생각이 들었다. 책을 보던 희수는 설핏 잠이 들었다. 꿈속에서 어머니가 나타났다. 어머니는 온화한 얼굴로 희수 얼굴을 내려다보고 있었다.

"아픈 데는 없지?"

"걱정하지 마세요."

"밥은 잘 먹고?"

"네."

어머니는 희수 머리를 쓰다듬으며 미소를 짓고 있다가, 뒤돌아서 걸어가기 시작했다. 희수는 멀어져가는 어머니 손을 잡으려고 했지만 점점 멀어져만 갔다.

'어머니!'

희수는 어머니를 부르다가 잠에서 깼다. 목과 등에서 축축한 물기가 만져졌고, 이마를 만져보니 뜨거웠다. 어머니 얼굴이 순간 스쳐 지나갔다. 악몽은 아니었지만 기분 나쁜 꿈이었다.

희수가 침대 머리맡에 있던 베개를 돌리려고 할 때, 옆에 누군가 있다는 느낌이 들었다. 창문으로 비스듬히 들어오는 달빛에 얼굴은 잘 보이질 않았다.

뭐지?

희수는 순간 소름이 돋았다. 머리카락이 쭈뼛 서는 느낌이 온몸으로 전해졌다. 미세한 숨소리까지 들려왔다. 더 황당한 것은 한 사람이 아니라 두 사람이었다. 한 사람은 희수 옆에, 또 한 사람은 한결의 침대에 누워 있었다.

귀신?

희수는 책상 위 스탠드를 켜기로 했다. 방이 환해지면 누구인지 모를 사람과 마주칠 테고 그 생각을 하니 무섭고 두려웠다. 머리에서 한줄기 땀방울이 귀를 타고 목 뒤로 흘러내렸다. 목 안에 차 있던 침이 역류하여 다시 올라오는 것 같았다. 코가 시려오면서 눈물이 났다.

희수는 조심스레 일어나 책상 위로 다가가 스탠드 버튼을 살며시 눌렀다. 방 안이 점차 밝아지기 시작했다. 희수는 옆에 누워 있는 사람을 바라봤다. 한결이었다. 오늘따라 코를 골지 않는 것이 이상하기만 했다. 희수는 다시 한결이 침대를 바라봤다. 누군지 모를 또 한 사람이 누워 있었다.

희수는 까치발을 하고 한결이 침대로 조심스레 다가갔다. 돌아누운 모습은 한참을 봐야 알 수 있을 것 같았다. 이불을 머리끝까지 뒤집어써서 누구인지 알 수가 없었다. 이불을 조심스럽게 들었다. 머리 부분이 보이기 시작하더니 얼굴 형체가 나타났다. 식당에서 만난 정수라는 여자가 분명했다.

희수는 들고 있던 이불을 놓치며, 한 손으로 입을 막았다. 수아는 얇은 숨소리를 내며 반대 방향으로 돌아누웠다. 그리고는 다시 고개를 돌려 한쪽 눈을 천천히 뜨며 희수를 바라봤다. 눈을 다 뜨려면 시간이 꽤 필요해 보였다.

"물."

"……."

"물 좀 달라니까."

"……."

희수가 아무 말이 없자, 수아는 나머지 한쪽 눈을 가늘게 뜨고 고개를 돌려 방 안을 훑어보기 시작했다. 스탠드 불빛은 한결 머리 위를 나지막이 비추고 있었다. 수아는 스프링처럼 상반신을 일으켰다.

"누구세요?"

"한결이 친굽니다."

희수는 한결이 널브러져 자고 있는 침대를 턱 끝으로 가리켰다. 수아는 침대에서 벌떡 일어나더니 두 손으로 입을 막았다. 몹시 놀란 얼굴이었다. 위에는 반팔을 입고 있었고 밑에는 분홍색 팬티만 입고 있었다.

'윽!'

수아는 어쩔 줄 몰라 하며 침대 옆 바닥에 내팽개쳐져 있는 청바지를 입고는 한결의 팔을 흔들었다.

"박한결!"

한결은 상반신만 일으킨 채 한쪽 눈을 비비고는 희수와 수아를 번갈아 바라봤다.

"뭐야?"

수아는 한결의 팔을 붙잡고 계속 흔들었다.

"남자 방이야."

희수는 불을 켰다. 방이 환해지자 진풍경이 한눈에 들어왔다. 한결은 술을 얼마나 마셨는지 아직도 입에서 술 냄새가 진동했다.

희수는 어이없는 표정으로 수아를 바라봤다. 한결은 뒷머리를 긁적이며 침대에서 일어났다.

"술을 너무 많이 마셨나봐."

희수는 한결의 귀를 잡아당겼다.

"악!"

한결이 수아를 데리고 들어와 잠을 잔 건 어쩔 수 없다고 하지만 심각한 문제는 다른 데 있었다. 기숙사는 입구에서부터 여학생동과 남학생동으로 구분되어 있었고 CCTV도 여러 군데 설치되어 있었다. 희수는 수아가 남학생동으로 어떻게 들어올 수 있었는지 궁금했다.

"어떻게 들어왔어요?"

"모르겠어요."

수아는 두 손으로 입을 가린 채 한결의 얼굴만 물끄러미 바라봤다. 한결이도 기억이 나질 않는다고 했다. 희수는 난감했다. 수아 모습이 CCTV에 모두 찍혔을 것이 분명했다. 책상 위 시계가 새벽 5시를 지나가고 있었다. 1시간 후에는 학생들, 식당 아주머니들, 청소를 하시는 분들까지 무더기로 쏟아져 나올 것이다. 한결은 침대에 앉아 멍하니 천장만 올려다보고 있었다.

희수는 사태가 심각하다고 생각했다. 이 일이 알려지면 퇴소 조치까지는 아니더라도 경고를 받게 될 것이 불을 보듯 뻔하기 때문이었다. 경고가 2번이면 기숙사를 영원히 나가야 했다.

"좋은 방법 없을까?"

한결은 힘없는 목소리로 말했다.

"지금 경비아저씨들이 1층에 있을 거야."

수아가 책상 위 시계를 뚫어져라 바라봤다. 수아는 기숙사 생활을 하지 않아서 이곳 사정을 알지 못했다.

희수는 커튼을 젖히고 창문을 활짝 열었다. 아무리 생각해도 좋은 방법이 떠오르질 않았다. 한숨만 비실비실 나왔다. 멀리 강당과 중앙도서관이 보였다. 어둠이 걷히며 날이 밝아오고 있었다. 시간이 없었다. 희수는 강당 옆 노천극장을 바라보다가 얼마 전 축제 가왕전에서 남장을 하고 노래를 했던 여학생이 생각났다.

그렇지!

희수는 두 주먹을 불끈 쥐었다.

"남자로 분장하자."

"분장?"

한결은 수아 얼굴을 바라보다 손바닥을 쳤다.

"김희수. 넌 천재야. 천재."

한결은 옷장에서 바지와 등 뒤에 'KYONGHAN UNIVERSITY'라고 새겨진 잠바를 꺼냈다. 수아는 부지런히 한결의 옷들을 입고는

53

마지막으로 모자를 썼다. 수아 몸에 비해서 옷이 커 보였다. 앞에서 보면 엉성하게 보였지만 뒤에서 보면 그런대로 괜찮았다.

"서둘러."

희수는 시계를 바라봤다. 6시가 넘어가고 있었다. 한결과 수아는 방문을 열고 주위를 살피며 조용히 엘리베이터로 걸어갔다. 전쟁이라도 한바탕 치르고 난 것 같은 기분이었다. 쓴웃음이 나왔다. 수아가 한결의 옷을 입고 있던 모습이 자꾸 떠올랐다.

희수는 창문에 기대어 밖을 바라봤다. 10분 정도 지나자 두 사람이 기숙사 정문을 나가는 모습이 보였다. 한결이 수아와 어깨동무를 하며 걸어가고 있었다. 밤새 켜져 있던 가로등 불빛이 한결과 수아의 등 뒤를 비추고 있었다. 멀리 광교산 꼭대기에서는 붉은 태양이 꿈틀거리고 있었다.

내가 못 살아.

토요일이었다. 방 안으로 따뜻한 햇볕이 내리쬐고 있었다. 희수는 대청소를 하기로 했다. 한결도 나가고 없었다. 어차피 있어도 청소는 안 할 것이 뻔했다. 코를 고는 것보다 더욱 심각한 건 청소였다. 한결은 청소를 제일 싫어했다. 희수가 청소라는 말만 시작해도 바람과 함께 방 안에서 사라졌다.

희수는 창문을 활짝 열고 침대부터 청소하기 시작했다. 한결의 침대는 쓰레기 집합소 같았다. 매트를 들자 양말, 수건, 솜뭉치 같은 머리카락들이 나왔다. 심지어는 이쑤시개까지 박혀 있었다. 희수는 책상 서랍에서 마스크부터 꺼냈다. 도저히 숨을 쉴 수가 없었다.

희수는 한결의 침대 밑을 빗자루로 휘저었다. 툭 소리를 내며 걸리는 것이 느껴졌다. 하얀색 아디다스 가방이었다. 가방을 흔들자 플라스틱끼리 서로 부딪치는 소리가 났다. 가방을 열어서 침대 위로 쏟았다. 겉에 쓰인 글자가 영어인지, 독일어인지 아니면 불어인지 알 수 없는 통이 나왔다. 알아 볼 수 있는 것은 SHAMPOO라는 글자뿐이었다.

희수는 한결의 책상 위에 가방과 샴푸 통을 나란히 올려놨다. 40분 정도가 지나자 한결이 땀을 뻘뻘 흘리며 들어왔다.

"어디 갔다 와?"

"러닝머신 탔어."

"청소 좀 하자."

한결은 미안한지 두 손으로 하트 모양을 만들며 흔들어댔다. 방 안으로 들어오는 햇볕 때문인지 덧니가 유난히 반짝거렸다.

"뭐야?"

"너 침대 밑에 있었어."

한결은 가방과 샴푸 통을 손으로 들어 올리며 고개를 갸우뚱했다.

"뭐지?"

한결은 허리를 숙여 침대 밑을 뚫어져라 쳐다봤다.

"네 거 아냐?"

한결은 머리를 긁적이더니 화장품에 쓰인 글자들을 유심히 보았다.

"다른 건 모르겠고 SHAMPOO는 알겠다."

희수는 빗자루로 한결의 어깨를 살짝 때리다가 수아가 생각났다.

"수아 거 아냐?"

희수 말이 끝나자 한결은 두 눈을 크게 뜨더니 손뼉을 쳤다.

"맞다. 수아 거."

한결은 고개를 끄덕거리며 샴푸 뚜껑을 열더니 냄새를 맡았다.

"수아 거 맞네. 수아 머리에서 나던 냄새와 똑같다."

한결은 샴푸를 흔들어 보이더니 화장실로 들어갔다. 희수는 빗자루를 흔들며 한결의 등 뒤에서 혀를 찼다.

"자기 물건도 흘리고 다니고, 어째 둘이 그렇게 똑같냐."

한결은 화장실 문을 빠끔히 열더니 히죽거리며 웃었다.

"우선 내가 좀 써야겠다."

한결은 화장실 문을 닫고 샤워기를 틀었다.

희수는 활짝 열려있는 창문으로 다가가 크게 숨을 내쉬었다. 따뜻한 공기가 입 안 가득히 들어왔다. 멀리 보이는 차도에서는 차들이 빠르게 지나가고 있었고, 토요일을 즐기는 사람들 얼굴에는 그늘이 없어 보였다.

월요일. 희수는 박물관 옆 학생회관으로 들어갔다. 은행에 들러 통장정리를 해야 했다. 입구에 있던 편의점으로 들어가 콜라를 샀다. 컵라면 전용 온수통 옆으로 여학생들이 커피를 마시고 있었다.

"희수 씨."

희수는 흠칫 놀라 뒤를 돌아보았다. 정수아가 우두커니 서 있다.

"안녕하세요."

수아는 두 손으로 입을 가린 채 웃었다.

"저번 일은 죄송했어요."

희수는 갑자기 수아를 만나 당황스러웠지만 반갑기도 했다.

"뭘요."

희수는 머리를 쓰다듬다가 가방과 샴푸가 생각났다.

"저번에 기숙사에 가방 놓고 갔죠? 샴푸도 2개나 있던데……."

"정말요? 전 그것도 모르고 온 집 안을 다 뒤졌어요."

"시간 날 때 가져가세요."

"망고는 급하지 않아요."

"망고?"

"네. 우리 집 초코푸들 이름인데요."

"그럼……."

"왜요?"

희수는 멀뚱히 서 있는 수아에게 목례만 가볍게 하고 편의점을 나왔다. 웃어야 할지 울어야 할지 몰랐다. 빠른 걸음으로 화장실에 들어갔다. 개 샴푸로 머리를 감던 한결의 모습이 아른거렸다. 한결은 노래를 부르며 머리를 감았다. 수아의 머리카락처럼 향기롭다고 했다. 수아와 같이 샤워를 하는 것 같다고 자랑까지 했다.

희수는 갑자기 의문이 생겼다. 사람이 개 샴푸로 머리를 감으면 어떻게 되는지 궁금했다.

머리가 개로 변하나?

멍멍 짖나?

한결의 짧은 머리가 초코푸들의 머리로 바뀐 모습이 눈앞에서 아른거렸다. 웃음이 나와야 하는데 헛기침이 자꾸 나왔다. 소변기 앞에 서서 바지 지퍼를 천천히 내렸다. 소변기 위에는 문구가 붙어있었다.

<저를 깨끗이 사용해 주시면 제가 본 것의 크기에 대해 절대 말하지 않겠습니다 - 변기 백>

희수는 한결에게 절대 말하지 않기로 결심했다. 한결이 사실을 알게 된다면 어떤 발작 증상이 일어날지 알 수 없었다. 한결의 얼굴과 초코푸들의 얼굴이 오버랩 되었다. 등 뒤에서 누군가 흥얼거리며 노래를 부르고 있었다. 한결이 부르던 노래였다.

은서는 저녁 7시가 되어서야 빨래방에 갈 수 있었다. 리포트를 제출해야 할 마감일이 얼마 남지 않았다. 서둘러 1층으로 내려왔지만 빨래방 앞에는 학생들이 차례를 기다리고 있었다. 앞줄에 규리의 모습이 보였다. 규리는 귀에 이어폰을 꽂은 채 의자에 앉아 있었다.

은서는 규리의 등을 꾹 눌렀다. 규리는 놀랐는지 어깨를 움찔하고는 뒤를 돌아보았다. 규리는 귀에 꽂고 있던 이어폰을 빼더니 바지 주머니에 넣었다.

"얼굴 보기 힘들다?"

"리포트만 생각하면 미치겠다."

"혹시 영미수필?"

"아직 제목도 못 정했어."

"나도 마찬가지야."

"대학에 와서도 영어를 계속 공부해야 한다는 게 슬퍼."

규리가 천장을 힐끔 올려다보고는 어깨를 들썩거렸다. 은서도 똑같이 어깨를 들썩거리는 흉내를 냈다.

"빨래 끝나면 뭐 할 거야?"

"일찍 자려고."

"어디 아파?"

"감기 기운이 있는 것 같아."

"약 사다 줄까?"

"아니야."

규리는 뒷목을 만지며 고개를 돌렸다. 은서는 걱정스러운 표정으로 규리를 쳐다보았지만 규리는 아무렇지도 않다는 표정이다.

은서는 규리 방까지 올라가서 빨래를 널어주었다. 규리는 약을 먹고 나서야 침대에 누웠다. 규리의 이마가 뜨거웠다.

은서는 노란색 카디건을 챙겨들고 밖으로 나왔다. 1층 편의점에 들러 맥주 한 캔을 샀다. 캔맥주는 손으로 잡기에 힘들 정도로 차가웠다. 카디건 주머니에 들어간 캔맥주가 몸에 닿을 때마다 찬 기운이 온몸으로 전해졌다. 기숙사 징문을 나온 은서는 자전거들이 세워져 있는 난간을 지났다. 난간 끝에서부터 나무 계단을 밟으며 올라갔다. 일정한 간격으로 서 있는 가로등들은 노란 불빛들을 아래로 비추고 있었다. 멀리 보이는 덕문관과 중앙도서관은 여전히 대낮처럼 불이 켜져 있었다.

은서는 나무 계단을 모두 밟고 올라와서야 야외 테라스가 있다는 사실을 알았다. 입구에는 '돌머루'라고 쓰인 간판이 바람에 흔들리고 있었다. 기숙사 생활을 한 지도 3개월이 지났지만 이곳은 처음이었다. 광장처럼 펼쳐진 야외 테라스 위에는 원목탁자들이 놓여 있었고, 학생들은 맥주를 마시며 잡담을 하고 있었다. 구석자리에는 책을 펼쳐놓고 공부를 하는 학생도 보였고, 통기타를 치는 학생도 있었다.

은서는 나뭇가지가 길게 펼쳐져 있는 원목탁자에 앉아 카디건 주머니에 있던 캔맥주를 꺼냈다. 아직도 찬 기운이 남아 있어 손이 시렸다. 규리가 옆에 없는 것이 아쉬웠다. 아프지만 않았으면 둘이 마주보고 앉아 실컷 수다를 떨 수 있는 좋은 시간이었다. 6월 저녁은 따뜻하고 넉넉했다. 주위 학생들을 보고만 있어도 기분이 좋았다.

은서는 언니가 생각나서 전화기를 꺼냈다가 다시 주머니에 넣었다. 선후배 모임 때 만난 부산 선배가 생각났다. 선배 때문에 무의식적으로 사투리가 나왔던 자신의 모습이 오래된 흑백사진처럼 머릿속에 남아 있다. 가끔 중앙도서관에서 부산 선배를 마주칠 때마다 피하던 모습도 떠올랐다.

웃긴다.

은서는 캔맥주 고리를 엄지손가락에 끼워서 위로 잡아당겼다. 딸깍하는 경쾌한 소리를 내며 하얀 거품이 아지랑이처럼 올라왔다. 캔맥주가 웃는 것 같았다. 캔맥주를 오른손으로 잡으니 손가락마다 찬 기운들이 모여 팔꿈치까지 전해져 왔다.

"뭐해?"

은서는 반사적으로 목소리가 들려오는 곳을 바라봤다. 희수가 나뭇가지를 오른손으로 잡고서 밀쳐내고 있었다. 희수가 밀쳐낸 나뭇가지가 흔들렸다. 파란색 잎사귀 하나가 탁자 위에 떨어졌다. 맞은편에 앉은 희수도 은서와 똑같은 캔맥주를 들고 있었다.

"한결이는?"

"알바."

은서는 아르바이트라는 말에 정신이 번쩍 들었다.

"어디?"

"잘 모르겠어."

은서는 아르바이트를 할 생각만 했지 실천하지는 못하고 있었다. 구체적으로 어디서 어떻게 해야 할지 전혀 알 수 없었다. 그렇다고 시간이 없고 용기가 없는 것은 아니었다.

희수는 캔맥주를 따더니 머리 위에 있는 나무를 올려다보았다. 은서는 떨어진 잎사귀를 손으로 문질렀다. 부드러웠다.

"나무 이름 알아?"

희수는 다시 나무를 올려다보더니 안경을 벗었다가 다시 썼다.

"배롱나무."

"정말?"

"집 근처에 많았어. 분홍색 꽃도 펴."

"이름이 예뻐."

은서는 배롱나무에서 꽃도 핀다는 이야기에 희수 얼굴을 물끄러미 바라봤다. 희수는 옅은 미소를 지으며 캔맥주를 마셨다. 그런데 캔맥주를 들고 있던 희수의 새끼손가락에서 피가 흐르고 있었다.

"피!"

희수는 은서의 갑작스런 고함소리에 캔맥주를 탁자 위로 떨어뜨렸다.

"왜 그래?"

"손에서 피가 나!"

은서는 자리에서 벌떡 일어나 주위를 두리번거렸다.

"편의점 가서 반창고 좀 사 올게."

은서는 계단을 빠른 걸음으로 내려갔다. 희수는 별일도 아닌데 당황해 하는 은서가 오히려 불안해 보였다. 돌아온 은서는 반창고를 여러 개 겹쳐서 희수의 새끼손가락에 감았다. 캔맥주를 따다가 고리 부분에 긁힌 것 같았다.

"이젠 괜찮아."

"정말?"

희수는 은서의 두 눈을 바라봤다. 어머니가 그 안에 있었다. 은서는 아직도 진정이 되질 않았는지 까만 눈동자가 흔들리고 있었다. 희수는 분위기를 돌려야 한다고 생각했다.

"알바하려고?"

희수가 아르바이트 이야기를 다시 꺼내자 은서는 한결이 아르바이트 자리를 구하러 간 일이 궁금했다.

은서가 배롱나무를 다시 올려다볼 때, 조그마한 바람이 탁자 주위를 돌다가 이내 사라졌다. 배롱나무 옆에 있는 가로등은 노란 불빛을 더욱 노랗게 비춰주고 있었고, 통기타를 치고 있던 학생은 계단을 밟고 내려가고 있었다.

한결은 아르바이트 자리를 구하러 하루 종일 돌아다녔지만, 마음에 드는 곳을 찾지 못했다. 편의점, 식당, PC방, 커피숍, 퓨전 술집들을 찾아갔지만 시간대가 맞지 않았고 급여도 내키지 않았다.

"어때?"

"그냥."

한결은 종합강의동으로 걸어가는 동안, 아르바이트를 구하러 돌아다녔던 이야기를 계속했다. 한결은 희수와 은서에게 강의가 끝나고 아르바이트 구하기 대책회의를 하자고 제의했다. 그들은 흔쾌히 찬성했다. 종강이 얼마 남지 않았기에 여름방학 동안 일을 해서 다음 학기 등록금을 마련하는 것이 중요하고 절실했다.

종합강의동 A310호에는 많은 학생들이 북적거리고 있었다. 김수현 교수의 영미권 문학에 대한 특징과 사례에 대한 연구 강의가 마지막으로 있는 날이었다. 깐깐하기로 소문난 김수현 교수가 들어오자 시끄러웠던 강의실이 쥐 죽은 듯이 조용해졌다.

김수현 교수는 영문학과를 대표하는 교수답게 마지막 강의도 최선을 다했다. 강의가 끝나자 교수는 검은색 뿔테 안경을 벗더니 나지막하게 말했다.

"한 학기 동안 내 강의를 듣느라 고생들 많았다. 마지막 기말고사 리포트는 철저하고, 세밀하게 준비해야 할 거다. 만약 선배들 족보를 베끼거나 대충 제출할 거면 무조건 낙제라고 생각하면 된다. 그럼 여름방학을 건강하고 알차게 보내기를 바란다. 이만."

교수는 책을 가방에 넣고서 강의실 옆문으로 조용히 나갔다.

희수는 종합강의동을 나와 이스퀘어 방향으로 걸어갔다. 한결도 나란히 걸었다. 은서는 희수의 뒷모습을 쫓으며 규리와 손을 잡고 그 뒤를 따라갔다.

"감기는 어때?"

"괜찮아."

규리는 편도선이 부어서 미열이 있었다고 말하며, 입을 크게 벌려 은서에게 보여주었다.

"원준이 아니야?"

규리가 뒤를 힐끔 돌아다보았다.

원준은 귀에 이어폰을 꽂은 채로 은서와 규리 뒤를 따라오고 있었다.

"나중에 봐."

규리는 손을 흔들며 기숙사 방향으로 걸어갔다.

은서는 희수와 한결이 이스퀘어 2층 커피숍으로 올라가는 모습을 바라보며 따라 올라갔다.

"규리는?"

"갔어."

한결은 탁자 위에 커피를 올려놓으며 의자를 바짝 당겨 앉았다.

"여기는 알바를 누가 하지?"

"글쎄."

희수는 카운터에서 커피를 내리고 있는 학생을 바라봤다. 캠퍼스 안이나 밖에서 아르바이트를 하는 학생들은 어디서든 쉽게 볼 수 있었다.

희수는 갑자기 경쟁이란 단어가 떠올랐다. 아르바이트를 하는 것도 경쟁이고, 취업도 경쟁이란 생각이 들었다. 경쟁에서 승자가 되기 위해 수단과 방법을 가리지 않는 것이 현실이었다. 그 현실 속에서 살아남는 사람만이 행복을 가질 수 있다고 생각했다. 희수는 대학을 행복과 연관 지어 생각했다.

대학＝행복

희수는 자신에게 다시 질문했다.

대학은 행복한가?

희수는 대답할 수 없었다. 처음부터 답은 없었는지도 모른다. 그때 원준이 조용히 다가와 은서의 옆자리에 털썩 주저앉았다.

원준이 갑자기 나타나자 은서는 희수와 한결의 얼굴을 번갈아 바라봤다.

"뭐해?"

"알바 때문에."

"알바는 왜 해?"

"등록금 마련해야지."

"등록금은 엄마가 주는 거 아냐?"

원준은 이해할 수 없었다. 원준은 창밖으로 시선을 돌리고 있던 희수를 물끄러미 바라봤다.

"김희수. 너도 알바해야 돼?"

희수는 원준의 말을 잘못 들었나 싶었다. 하지만 원준의 얼굴은 사뭇 진지해 보였다.

"넌 등록금을 엄마가 주냐?"

희수는 원준의 질문에 대답할 가치가 없다고 생각했다. 원준이 나가주기를 바라며 창밖을 바라봤다.

원준은 다시 말했다.

"너도 알바해야 하냐고."

"궁금해?"

"그냥 물어 본 거야."

"난 엄마에게 등록금을 받지 못해서 잘 모르겠다. 됐냐?"

희수는 가방을 들고 일어났다.

"집에 돈 많아서 좋겠다."

"뭐?"

희수는 더 이상 원준과 같이 있는 시간이 아까워 밖으로 나갔다. 한결도 뒤를 따라갔다. 원준은 쓴웃음을 짓다가 은서를 바라봤다.

"내가 뭐 잘못했어?"

은서는 생각지 못한 상황을 원준에게 어떻게 설명해야 할지 난감했다. 처음으로 원준과 같이 있는 자리가 불편했다.

"먼저 간다."

은서는 밖으로 나왔다. 희수와 한결은 이미 보이지 않았다. 원준이 했던 말은 희수와 한결에게 상처가 됐음이 분명했다. 은서도 마찬가지였다. '등록금은 엄마가 주는 거 아냐?'라고 했던 원준의 말이 귓가에서 맴돌았다. 희수가 소심한 건지, 원준이 철없는 건지 판단이 서지 않았다.

&lt;휴게실&gt;

은서는 한결의 문자를 확인하고 편의점에 들러 커피와 과자를 샀다. 희수와 한결은 종이에 무언가를 적으며 깊은 생각에 빠져 있는 것처럼 보였다.

"뭐해?"

은서가 커피와 과자를 탁자 위에 올려놓으며 말했다.

"원준이는?"

"내가 먼저 나왔어."

"엄마가 등록금도 주고 부럽다. 부러워……."

한결은 부럽다는 말을 여러 번 하다가 희수와 눈이 마주치자 손사래를 쳤다.

"미안."

한결은 커피를 마시며 편의점, 식당, PC방, 커피숍, 퓨전 술집에 갔었던 일들을 천천히 이야기했다. 한결의 얘기를 다 듣고 난 희수는 편의점에서 일하기로 결정했다. 편의점은 캠퍼스 안에만 7개가 있었다. 굳이 밖에서 할 필요가 없다고 생각했다. 학생지원처에 지원서만 제출하면 쉽게 자리를 얻을 수 있을 것 같았다. 은서는 커피숍으로 결정했는데 공부할 시간이 제일 많을 것 같기 때문이었다.

"내가 문제야."

한결이 느닷없이 한숨을 쉬었다.

"왜?"

"마음에 드는 게 없어."

은서는 커피를 탁자 위에 올려놓으며 쓴웃음을 지었다.

"마음에 드는 게 어디 있어?"

"그래도 적성에 맞아야지."

"돈 버는데 적성이 어디 있냐?"

"그렇긴 하지만……."

한결은 바지 주머니에서 전화기를 꺼내더니 밖으로 나갔다. 발걸음이 무거워 보였다.

희수가 학생지원처에 들어서자 남학생이 편의점 아르바이트 신청서를 작성하고 있었다. 신청서에 적혀있는 '국가근로장학생'이란 글자가 유난히 크게 보였다. 희수 차례가 되자 다행히 자리가 하나 남아 있었다. 희수는 가슴을 쓸어내렸다. 하루만 늦었어도 아르바이트 자리를 놓칠 뻔했다. 선택의 여지가 없었다. 일하는 시간은 저녁 9시부터 아침 6시까지였고 호연관에 있는 편의점이었다. 희수는 나름대로 운이 좋다고 생각했다. 새벽에 깨어있는 시간이 좋았던 희수는 시간대도 마음에 들었다. 처음에는 대전으로 내려가 어머니의 채소장사 일을 도울까 생각했지만 어머니가 반대할 것이 분명했다.

희수는 신청서에 서명을 하고 밖으로 나왔다. 다음 주 월요일부터 시작이었다. 방으로 들어와 신청서 복사본을 책상 서랍에 넣고서 창문을 활짝 열었다. 많은 학생들이 어디론가 분주히 걸어가고 있었고,

주차장에는 차들이 들어오고 나가고를 반복하고 있었다.

희수는 팔을 창가에 기댄 채 한참을 바라봤다. 문득 원준이 했던 말이 생각났다.

"등록금은 엄마가 주는 거 아냐?"

희수는 지나가는 학생들 얼굴을 바라보며 생각했다.

어머니에게 등록금을 받으며 대학에 다니는 학생들은 얼마나 될까? 10%, 30%, 아니면 50%.

희수는 어머니에게 등록금을 받으며 대학을 다니면 어떤 기분일까 상상했다. 느낌이 오질 않았다. 고마운 건지, 편한 건지, 행복한 건지 알 수 없었다. 처음부터 생각해 보지 않은 일이었다.

희수가 창밖을 물끄러미 바라보고 있을 때 한결이 들어왔다.

"잘 됐어?"

"다음 주 월요일부터 시작이야."

"빠른데?"

"넌?"

"아직."

한결은 고개를 흔들었다. 아직 결정을 못한 것이 분명했다. 희수는 한결이 측은해 보였다.

"같이 나가 보자."

한결은 아르바이트를 구한 것처럼 신이 난 얼굴로 앞장섰다. 후문에는 학생들이 자주 가는 편의점, 식당, PC방, 커피숍, 퓨전 술집들이 넘쳐났다. 희수와 한결이 후문으로 나오자 제일 먼저 눈에 띄는 곳이 보였다.

"저기 어때?"

한결이 오른쪽 엄지손가락으로 간판을 가리켰다.

'가르지엔'

희수는 그곳이 무엇을 하는 곳인지 알 수 없었다. 희수와 한결은 엘리베이터를 타고 2층으로 올라갔다.

문 입구에는 <알바생 구함>이라고 쓰인 종이가 붙어있었다.

"알바생 구한다?"

한결의 목소리가 커졌다. 한결이 문을 열자 시끄러운 음악 소리가 들려왔다. 저녁 7시가 넘어서인지 안에는 이미 많은 사람들로 북적거리고 있었다. 퓨전 술집이었다.

희수와 한결은 비어있는 자리에 앉았고, 여자가 다가와 메뉴판을 탁자 위에 올려놓았다.

"주문하시겠어요?"

한결이 메뉴판을 보다가 여자에게 말했다.

"알바생 구하나요?"

여자는 희수와 한결의 얼굴을 번갈아 보더니 퉁명스럽게 말했다.

"알바요?"

여자는 메뉴판을 다시 집더니 짧게 말했다.

"기다리세요"

여자는 카운터 앞으로 가더니 전화기를 들었다. 전화를 하는 중간에 희수와 한결을 힐끔 바라봤다. 여자는 전화기를 내려놓고는 희수와 한결이 있는 자리로 돌아왔다.

"사장님이 오실 겁니다."

여자는 물 두 잔을 탁자 위에 올려놓고는 카운터로 걸어갔다.

"춥다."

한결은 희수 얼굴을 바라보다가 여자가 있는 쪽으로 고개를 돌렸다. 10분 정도 지나자 검은색 잠바를 입은 남자가 그들이 앉아 있는 탁자로 걸어왔다. 사장이라고 하기에는 젊어보였다.

"한 명만 필요한데."

남자 목소리가 굵직하게 들렸다.

"제가 하려고요."

"경험은 있어?"

"처음입니다."

"경한대학교 다녀?"

"네."

사장은 한결의 얼굴을 힐끔 쳐다보다 내일부터 나오라고 하더니 밖으로 나가버렸다. 짧은 면접이었다.

가게를 나온 그들은 후문 방향으로 나란히 걸어갔다. 한결은 생각보다 일자리를 쉽게 얻어서 당황스러웠다. 희수의 생각도 마찬가지였다.

"너무 쉽다."

"그러게."

한결은 마음에 썩 들지는 않았지만 만족하기로 했다. 찬밥, 더운

밥 가릴 시간이 없었다. 희수까지 동행을 했는데 약한 모습을 보이기는 싫었다.

"막걸리나 한잔 할까?"

희수는 한결의 기분을 풀어주고 싶었다.

"좋지!"

한결이 오른손 엄지손가락을 길게 펴서는 희수 얼굴 가까이에 내밀었다. 희수와 한결은 후문을 지나 정문을 빠져나왔다. 광교산에서 불어오는 바람은 따뜻하고도 맑았고, 내려오는 등산객들이 버스에서 내리는 모습이 보였다. 내리막길 끝에 도착하자 '경기농원'이라고 쓰인 보리밥 집이 보였다.

"들어가자."

안에는 산에서 내려온 등산객들이 손두부와 묵은지를 안주 삼아 막걸리를 마시고 있었다. 한결의 얼굴은 아직도 상기되어 보였다.

희수는 막걸리를 한결의 잔에 가득 부었다.

"마시자."

희수와 한결은 잔을 부딪치고 단숨에 막걸리를 마셨다.

한결이 잔을 내려놓고는 손두부를 입 안 가득히 넣었다. 한결은 막걸리를 한 잔 마시고 나서야 긴장이 풀리는 것 같았다.

"알바 파이팅!"

한결은 잔을 높이 들었다. 처음으로 희수가 옆에 있다는 것이 고마웠다. 희수만 옆에 있다면 아무리 힘든 일이 닥쳐도 이겨낼 수 있을 것 같았.

은서는 3시간째 대학 주변을 서성거리고 있었다. 오랜만에 걸어서
인지 발목이 시큰거렸다. 어디라도 들어가 좀 쉬어야겠다고 생각했다.

황단보도 건너편에 '커피앤주스'라는 간판이 눈에 들어왔다. 은서
는 문을 열고 들어가 창 쪽에 위치한 2인용 탁자에 앉았다. 밖에서
봤을 때는 그저 흔한 카페처럼 보였지만 그 내부는 달랐다. 식탁과
의자는 모두 원목이었고, 카운터에 놓여있는 컵들과 벽에 걸려있는
그림들도 르네상스 시대를 연상케 하는 고풍스러운 분위기였다. 흘
러나오는 음악들도 바이올린과 첼로 소리가 합쳐진 클래식 음악이
었다.

은서는 녹차라테를 주문하고 창밖을 바라봤다. 사람들이 분주히
지나가고 학생들의 웃음소리가 미세하게 들려왔다. 창밖의 풍경은
평화로워 보였다. 가게 안에서는 노트북을 보는 사람, 전화기를 보
는 사람, 책을 보는 사람들이 각자의 취향에 맞게 시간을 보내고 있
었다.

모두들 바쁘구나.

은서는 자기만 제일 한가로운 사람 같다는 생각이 들었다. 3시간
동안 대학 주변을 돌아다녔지만 일자리를 찾기는 쉽지 않았다. 마지
막으로 기대했던 캠퍼스 내 편의점이 있었지만 너무 늦게 찾아간 탓
에 자리가 없었다.

은서는 유리창으로 걸어오는 여자의 모습을 보고 고개를 돌렸다.

"녹차라테, 맞죠?"

여자는 은서를 물끄러미 바라보며 말했다.

"알바자리 구해요?"

"네."

"예감이 틀리지 않았네요. 여기서 일해 볼래요?"

"정말요?"

여자는 은서의 맞은편에 앉았다. 여자는 은서가 가게에 들어올 때 결혼하고 캐나다로 이민 간 여동생과 닮아서 놀랐다고 했다.

은서는 가게가 마음에 들었다. 가게와 여자가 많이 닮았다는 생각이 들었다.

"토요일부터 나와요."

"감사합니다."

은서는 녹차라테를 다 마시지도 않고 가게를 나왔다. 3시간 동안 고생한 보람이 있었다. 희수와 한결이 궁금해진 은서는 전화기를 꺼내서 문자를 보냈다.

<알바 성공>

희수는 중앙도서관에서 마지막 기말리포트를 마무리하고 나오는 길이었다. 편의점으로 가는 발걸음이 무거웠다. 별것도 아닌데 긴장이 되었다. 지금까지 일을 해 본 경험은 어머니의 채소장사 일을 도와준 것과 고등학생 때 고물상에서 일을 했던 것이 전부였다. 편의점에 물건을 사러 들어갔을 때 아르바이트 하던 사람들은 많이 봐왔는데 막상 자신이 한다고 생각하니 감이 오지 않았다.

편의점에 도착하니 점장이 희수를 기다리고 있었다. 점장은 물건 정리하는 방법, 계산하는 방법, 청소하는 방법 등을 알려주었다.

계산대는 '포스', 도시락들이 있는 곳은 '도시락쇼케이스'라고 불렀다. 차가운 음료수들이 있는 곳이 비어 있을 때는 '워크인을 채워주세요'라고 부른다. 중앙 진열대에는 과자, 라면, 껌, 사탕 등이 수북이 쌓여있었고, 특히 시식대나 전자레인지 같은 곳은 수시로 청결하게 해야 된다고 알려줬다. 바닥이 더럽거나 물기가 있을 때는 특히 조심해야 한다고도 했다. 점장은 수고하라는 짧은 말을 남기고 편의점을 나갔다. 처음 하는 일이라 긴장은 되었으나 크게 문제될 것은 없을 것 같았다. 캠퍼스 내에서 가장 멀리 떨어진 곳에 위치하고 있어서 학생들도 별로 없을 것 같았다.

희수는 진열대에 놓여있는 라면, 과자, 껌, 사탕들을 천천히 바라봤다. 그리고 냉장고에 놓여있는 음료수와 술 이름부터 훑어보기 시작했다. 라면 종류만도 수십 가지가 넘었고, 그 외의 식품과 음료의 종류도 만만치 않았다.

30분 정도 지나자 첫 번째 손님들이 들어왔다. 남학생 3명과 여학생 1명이었다. 남학생 1명이 캔맥주와 마른오징어를 들고 왔다.

희수는 초보자처럼 보이지 않으려고 노련한 척 바코드를 찍었다. 왠지 편의점 사장이 된 듯한 기분이 들었다. 바지 주머니에서 진동이 느껴졌다. 한결이었다.

<재미있어?>

<모르겠어>

<은서는 토요일부터 나간대. 고생해라>

희수는 창고로 들어갔다. 어느 새 긴장이 사라진 것 같았다. 희수

는 라면 상자를 번쩍 들었다. 두 손에 붉은 힘이 들어갔다.

한결은 1시간 일찍 가게에 도착했다. 처음 봤던 여자가 바닥 청소를 하고 있었다.

"안녕하세요."

여자는 한결을 힐끔 쳐다보고는 주방 안쪽으로 들어가서 쇼핑백을 들고 나왔다.

"뭡니까?"

"보면 알아요."

여자는 주방 쪽을 손으로 가리키며 쇼핑백을 한결에게 주었다. 여자는 주방 안쪽으로 들어가면 조그만 휴게 공간이 있다고 했다.

한결은 여자가 알려준 곳으로 가서 옷을 입었다. 등에는 '가르지엔'이라고 큼직하게 쓰여 있는 검은색 티셔츠였다. 모자는 식당 주방장들이 쓰는 것처럼 생긴 검은색 모자였고 앞치마도 있었다.

한결은 거울을 바라보다 웃음이 나와서 키득거렸다.

그럴듯한데?

한결이 주방 쪽으로 나오자 여자는 한결의 머리부터 신발까지 훑어보았다. 군대 복장검열 같았다.

"잘 어울려요."

"고맙습니다."

"이런 일 처음이죠?"

"네."

"홍지원입니다."

지원은 미소를 지으며 한결의 모자 끝을 살짝 만지고는 주방으로 들어갔다. 한결은 지원의 웃는 얼굴을 처음 봤다.

웃을 줄 아네.

지원은 한결에게 감자 튀기는 방법부터 가르쳐주었다. 처음에는 간단하다고 생각했지만 직접 해 보니 쉽지 않았다. 시간을 늦추면 딱딱해지거나 탔으며, 너무 빨리 건져 올리면 물컹대거나 흐물흐물해졌다. 숙련된 기술이 필요할 것 같다는 생각이 들었다.

이곳은 한결을 포함해서 6명이 일하고 있었다. 1명은 카운터 앞에서 계산을 했고, 3명은 주방에서, 2명은 서빙을 했다.

한결은 벽에 붙어 있는 메뉴판을 바라봤다. 참치타다키, 돼지고기 간장조림, 연어스테이크, 해물리소토, 불고기샌드위치, 두부김치피자. 발음조차 힘든 퓨전요리들이 50가지가 넘었다. 술 종류도 양주, 맥주, 소주, 막걸리까지 없는 게 없었다.

한결은 이 요리들을 모두 만들 수 있다는 사실이 믿기지 않았다. 속이 울렁거렸다.

"복잡해 보여도 시간이 지나면 금방 알게 되요."

지원이 옆으로 다가와 말했다.

"오늘은 감자와 양파 깎는 것만 해요."

지원은 사장인 것처럼 야무지고 당돌하게 말했다.

저녁 6시가 넘어가자 손님들이 많아지기 시작했다. 1시간쯤 지나자 빈자리가 없었다. 주방 쪽과 서빙하는 사람들은 정신이 없었다.

저녁 11가 넘어서자 여유가 생기기 시작했다. 주방장이 한결에게 다가왔다.

"힘들어요?"

주방장은 바지 주머니에서 담배와 라이터를 꺼냈다. 주방장은 첫날부터 고생이 많다고 하더니 담배나 한 대 피자고 했다.

한결은 주방 뒷문으로 나가 담배에 불을 붙이고 하늘을 쳐다보았다. 꿀맛이었다. 5시간 동안 치열한 전쟁을 치루고 난 듯한 느낌이었다.

"첫날인데 어때요?"

"잘 모르겠습니다."

"정신없죠?"

남자는 담배에 불을 붙이며 껄껄대고 웃었다.

한결이 아르바이트를 시작한 지도 이주일이 지났다. 지원은 한결에게 연어스테이크와 해물리소토 만드는 방법을 알려주었다. 그리고 주방 청소하는 방법, 카운터 계산하는 방법을 알려주었다. 한결은 그런 지원이 고마울 뿐이었다.

토요일. 오후부터 비가 내리기 시작했다. 장마가 시작되고 있었다. 한결은 마지막으로 주방 청소를 끝내고 뒷문으로 나왔다. 지원은 차에 시동을 걸고 있었고, 우산이 없는 한결은 하늘만 쳐다보고 있었다.

"우산 없어요? 타요."

한결은 조수석 문을 열고 올라탔다. 지원은 주차장을 천천히 빠져나왔고, 두 번째 사거리를 지나고 있었다.

"토요일인데 기숙사 가서 뭐해요?"

"잠이나 자려고요."

지원은 한결에게 술이나 한잔 하자고 했다. 지원은 원룸에 혼자 살고 있었는데 비교적 주택들이 많은 지역에 위치하고 있었다. 둘은 차를 주차시킨 뒤 인근 마트에서 간단하게 장을 본 뒤 원룸으로 들어갔다.

지원은 팔을 걷어붙이고 와인과 곁들일 안주를 만들기 시작했다. 지원은 가게에서 보았던 모습과는 다르게 보였다. 영락없는 이십대 후반 여자였다.

지원의 집은 서울이고, 대학을 졸업한 뒤 집에서 독립했다. 대학에서는 불문학을 전공하여 출판사 번역 일을 잠시 했지만 적성에 맞지 않았다. 그런 지원이 친구 따라 수원에 놀러왔다가 아르바이트를 시작한 것이 벌써 3년이 흘렀다. 지원은 이곳이 마음에 들었다. 큰돈은 벌지 못해도 마음만은 편했다. 지원의 진심어린 이야기가 한결에게 뭉클하게 다가왔다.

한결이 지원의 잔에 술을 따라줄 때 서로 눈이 마주쳤다. 지원은 알 수 없는 미소를 짓더니 말했다.

"알바 왜 해요?"

"돈 벌어야죠."

"등록금?"

지원은 무릎에 턱을 대고 한결의 눈을 바라봤다.

"집이 어려워요?"

"시골집엔 형하고 누나만 있어요."

"집이 어디에요?"

"춘천."

"막내에요?"

"네."

한결의 말이 끝나자 지원의 눈가가 벌겋게 달아오르기 시작했다.

"괜찮아요?"

"네. 남동생이 생각나서요."

"미안해요."

"아니에요. 술이나 마셔요."

지원은 두 번째 와인 병을 따더니 붉어진 얼굴로 한결에게 말했다.

"오늘 가지 마."

한결은 지원의 얼굴을 흘깃 바라봤다. 기숙사로 가지 말라는 지원의 말이 귓가에서 메아리쳤다. 일을 처음 시작했을 때는 정신이 없어서 지원이 눈에 들어올 만큼의 여유가 없었다.

지원은 화장실로 들어가 옷을 갈아입고 나왔다. 짧은 검은색 치마와 배꼽티 차림이었다. 움직일 때마다 하얀 젖가슴이 보이고, 검은 젖꼭지가 눈에 들어왔다.

한결은 지원이 따라주는 술잔을 만지작거리다가 고개를 끄덕거렸다.

"같이 잘게."

두 사람은 두 번째 와인을 다 마시기도 전에 잠자리에 들었다. 지원은 불을 끄고 배꼽티를 벗었다. 유자처럼 탱탱하고 하얀 젖가슴과 건포도 같은 젖꼭지가 드러났다. 한결도 옷을 벗고 지원의 몸 위로 올라갔다. 한결은 지원의 검은색 치마를 벗겼다. 팬티도 안 입은 지원의 엉덩이는 어둑한 원룸 안에서도 선명하게 보였다. 한결은 지원의 깊은 곳을 더듬으며 천천히 들어갔다. 한결이 허벅지에 힘을 줄 때마다 지원의 신음소리는 점점 커져갔다. 창밖은 달빛이 기울고 있었다. 한결의 숨소리와 지원의 신음소리가 원룸 방 안을 가득 채웠다.

은서가 카페에 도착했을 때는 문이 굳게 닫혀있었다.

너무 일찍 왔나.

가방에서 열쇠를 꺼내 가게 문을 열었다. 먼저 불을 켜고 오디오를 켰다. 가게 안에 클래식 음악이 골고루 퍼지기 시작했다. 주인 여자는 첫날 가게열쇠를 주며 가게 안 이곳저곳을 설명해주었다.

"커피 내리는 방법 알아요?"

"커피를 내려요……?"

주인 여자는 뒤에 있는 커다란 물건을 손으로 가리켰다..

"이 녀석이 커피 머신이에요."

은서는 커피 머신이라고 하는 물건을 두 눈을 크게 뜨고 바라봤다. 은빛으로 치장된 커피 머신은 보물단지처럼 보였다.

"커피 내리는 방법은 천천히 알려줄게요. 서두르지 않아도 돼요."

은서는 고개만 끄덕거렸다. 주인 여자의 눈에서 부산 언니가 생각났다.

은서는 집기실에서 걸레를 꺼내 바닥을 청소하고 탁자들을 닦았다. 오디오의 볼륨을 조금 높인 후에 메뉴판을 봤다. 생과일주스는 자몽, 청포도, 키위, 라임에이드, 레몬에이드 아이스밀크는 바닐라, 그린티, 블랙티, 초콜릿, 에스프레소, 바나나, 스트로우베리, 블루베리. 커피는 아메리카노, 카푸치노, 카페라테, 에스프레소, 모카, 캐러멜마키아토

미치겠다.

은서는 한숨이 절로 나왔다. 영어공부가 더 쉬워 보였다.

오전 10시 30분. 남자와 여자가 가게로 들어왔다.

"어서 오세요"

남자와 여자는 안쪽 창가가 있는 곳으로 가서 마주보며 앉았다.

은서는 물을 따라서 조심스레 탁자 위에 올려놨다.

"주문하시겠습니까?"

남자는 맥주를 시켰고 여자는 오렌지주스를 주문했다.

은서는 자신도 모르게 가느다란 한숨이 나왔다. 비교적 간단한 메뉴라 다행이었다. 만약 커피 종류라면 난감했을 것 같았다.

은서는 주인 여자가 빨리 왔으면 하는 바람으로 주방 안에 들어가서 냉장고 문을 열었다. 맥주들은 가지런히 놓여 있었지만 주스는 모두 어디로 갔는지 보이질 않았다. 난감했다. 여기저기 아무리 뒤져보아도 그 흔한 오렌지주스는커녕 오렌지 비슷한 것도 눈에 띄질 않았다.

은서는 생각다 못해 옆집 편의점으로 갔다. 뒷문으로 조심스레 나

와 편의점에 들어가 오렌지주스를 사왔다. 가게 안에 들어와 창가에 앉아 있는 남자와 여자를 힐끔 바라봤다. 남자가 갑자기 고개를 돌려 은서를 바라봤다.

'윽!'

은서는 깜짝 놀라 쟁반을 떨어뜨릴 뻔 했다. 맥주를 컵에 가득히 부었다. 크래커도 준비했다. 주스는 주스 잔에 얼음을 동동 띄워서 쟁반 위에 올려놨다.

"맥주와 주스 나왔습니다."

은서는 음료를 탁자 위에 가지런히 올려놓았다.

"저기…… 편의점에서 오렌지주스는 왜 사 오셨어요?"

남자는 탁자 위에 놓인 주스 잔을 바라보며 퉁명스럽게 말했다. 은서는 온몸이 경직되는 것 같았다.

"오렌지주스는 직접 갈아주시는 거 아닌가요?"

남자는 여전히 불만 가득 찬 얼굴로 주스 잔을 응시했다. 맞은편에 앉아 있던 여자가 주스 잔을 앞으로 가져갔다.

"그만 해."

여자는 오히려 무안해 했다. 은시는 무슨 말을 해야 할지 생각이 나질 않았다. 머리가 온통 하얗게 새는 것 같았다.

"괜찮아요 일 보세요 이렇게 일찍 들어온 우리가 이상하죠 아침부터 맥주를 시키는 것도 그렇고……."

은서는 쟁반을 가슴 한가운데에 모으고 유치원 아이들이 하는 배꼽인사를 하며 뒤돌아섰다. 주방까지 걸어오는 동안 등 뒤에서는 남자와 여자의 작은 다툼 소리가 들려왔다.

은서는 주방 안으로 들어와 편의점에서 사온 오렌지주스 가격표를 확인했다. 주스는 1,350원이었고 메뉴판의 가격은 6,000원이었다. 가격 차이가 4,650원이었다.

차이가 많이 나네.

맥주도 마찬가지였다. 은서가 가격표를 보며 놀라워하고 있을 때 주인 여자가 들어왔다. 은서는 구세주가 돌아온 것 같아서 기뻤다. 하지만 남자가 걱정되었다.

은서는 주인 여자에게 인사를 하고는 창가 쪽으로 시선을 돌렸다. 남자와 여자는 심각해 보였다.

"첫날부터 일찍 나왔네요. 10시까지만 나오면 돼요."

주인 여자는 창가 쪽을 보더니 환하게 웃으며 걸어갔다. 은서는 올 것이 왔구나 싶었다. 주인 여자는 남자와 여자 옆으로 다가갔고, 앉아 있던 여자가 일어났다.

"언니."

"세린아."

"언제 들어왔어?"

여자는 주인 여자에게 손을 내밀었고, 주인 여자는 여자를 가볍게 안아주었다. 남자도 자리에서 일어나 인사를 했다.

"전화는 왜 안 받아?"

"미안."

주인 여자는 은서에게 손짓을 했다. 은서는 로봇처럼 성큼성큼 걸어갔고 주인 여자는 웃으며 말했다.

"캐나다에 사는 동생이에요."

"안녕하세요"

은서는 가볍게 인사를 하며 남자를 바라봤다. 다행히 남자는 웃고 있었다.

"나도 오렌지주스 갖다 줄래요?"

은서는 주방으로 들어가며 냉장고 문을 보았다. 밖에서는 웃음소리가 나지막하게 들려왔다. 자신의 이야기를 하고 있는 것 같았다. 쥐구멍에라도 들어가고 싶었다. 오렌지가 없는 냉장고 문을 열면서 한숨이 나왔다. 주인 여자에게 오렌지가 어디 있는지 물어보면 오히려 웃음거리가 될 것 같았다. 은서는 냉장고 문을 힘없이 닫았다.

편의점을 또 갔다 와야 하나.

# 바람 앞에 서 있던 날들

한결은 눈을 떴지만 머리가 무거웠다. 옆에서 자고 있던 지원은 나가고 없었다. 머리맡에는 작은 밥상이 놓여 있었다.

<일어나면 전화 해>

한결은 문자를 보면서 쓴웃음이 나왔다. 6살이나 많은 지원이 누나보다는 애인 같다는 생각이 들었다. 오랜만에 마주하는 집밥이었다. 콩나물국은 시원했다. 한결은 샤워를 대충하고 지원의 원룸을 나왔다. 눈부신 햇살이 거리마다 깊숙이 내리쬐고 있었고, 지나치는 사람들의 표정도 모두 밝아보였다.

한결은 어젯밤 지원과 3번 몸을 섞었다. 모든 것이 영화 속 정사 장면처럼 스쳐 지나갔다. 한결은 지원의 몸에서 향기를 발견했다. 분유 냄새 같기도 했고, 아카시아 향기 같기도 했다.

한결은 지원의 몸에서 내려올 때마다 천장을 쳐다보며 거친 숨을 내쉬다가 눈을 감았다. 지원의 향기는 코끝을 진하게 파고들었다.

지원은 한결과 3번째 몸을 섞은 후에 잠이 오기 시작했다. 온몸이 뻐근했지만 기분은 상쾌했다. 한결과 이대로 영원히 잠들고 싶었다.

고마워.

지원이 중얼거리며 잠들었다. 한결도 지원의 젖가슴을 매만지며 잠을 청했다. 어머니의 젖가슴 같았다. 꿈속에 소양강 처녀상이 나타날 것 같았다.

희수는 가방에 책을 넣고 의자에서 일어났다. 시계를 보고 있을 때 한결이 어정쩡한 표정으로 들어왔다.

"어디 갔다 와?"

"……."

"얼굴 잊어버리겠다."

한결은 멋쩍게 웃고는 침대에 벌러덩 누워버렸다.

"나 먼저 간다."

한결은 희수 목소리를 뒤로 하고 눈을 감았다. 지원의 얼굴이 스쳐 지나갔다. 온몸이 나른했고 공중에 붕 떠 있는 것 같았다. 잠이 왔다. 향기가 다시 진동하는 것 같았다. 가만히 생각해 보니 그것은 분유 냄새도, 아카시아 향도 아닌 재스민 향이었다.

"우리 합칠까?"

한결은 합치자는 지원의 말에 가족이라는 단어가 떠올랐다. 가족이라는 단어는 생소했지만 따뜻했다.

한결은 바로 대답하지 않았다. 아니, 대답할 수 없었다.

"어때?"

한결은 시간이 필요하다고 생각했지만 나쁠 것 같지는 않았다. 두려움도 없었고 잃을 것도 없었다. 지원과 동거를 하면 기숙사 비용도 줄이고, 밥도 챙겨 줄 거고, 여러 가지로 좋을 것 같았다. 하루가 지났을 뿐인데 보고 싶어졌다. 지원의 머릿결에서 풍겨져 나왔던 재스민 향기가 다시 콧속으로 깊숙이 스며들어왔다.

한결은 머뭇거릴 이유가 없다고 생각했다. 단지 희수가 마음에 걸렸을 뿐이다.

지원은 아침 일찍 사우나를 갔다. 온몸이 뻐근했지만 마음만은 상쾌했다. 한결과의 섹스는 대만족이었다. 오랜만에 맛보는 남자 냄새였다. 마지막 절정의 순간, 한결의 입에서 뿜어져 나오는 가쁜 숨소리는 뜨거웠고 시원했다. 지원은 콘돔이 있었지만 한 번도 사용하지 않았다. 한결의 뜨거운 정액을 온몸으로 받아보고 싶었다. 아직도 귓가에서 한결의 가쁜 숨소리가 들려왔다. 지원은 가방에서 전화기를 꺼냈다.

"나야."

"어디 갔었어?"

"사우나."

"혼자?"

지원은 한결의 목소리를 듣자 웃음이 나왔다.

"왜 웃어?"

"그냥."

한결도 따라 웃었다.

"보고 싶어."

"나도."

지원은 전화기를 귀에 바짝 갖다 댔다.

"생각해 봤어?"

"……."

"왜 말 안 해?"

"그게……."

"뭐?"

"난 좋은데……."

한결은 지원과 통화를 하면서도 희수 얼굴을 계속 떠올렸다.

"합치자."

지원은 기뻤다. 한결과 통화를 끝낸 후 전화기에 대고 쪽쪽 소리를 내며 키스를 했다. 한결은 토요일 원룸으로 오겠다고 했다.

지원은 벌떡 일어나 방 한가운데에 서서 천천히 돌아보았다. 혼자만 살다가 둘이 합치면 무엇이 필요할까를 생각했다. 지원은 포스트잇을 꺼내어 필요한 것을 적어나갔다. 생각보다 많은 것들이 생각났다. 지원은 노란색 포스트잇을 보며 행복감을 느꼈다. 여자로 태어나 처음으로 느끼는 감정이었다. 결혼하기 전날 신혼살림에 부푼 새색시 같은 느낌이었다. 한결의 얼굴이 스쳐 지나갔다. 한결의 땀 냄새가 났다.

한결은 짐을 챙기기 시작했다. 짐이라고 해 봐야 가방 2개와 옷가지 몇 벌이 전부다. 희수에게는 문자를 보내기로 했지만, 막상 무슨 말을 해야 할지 생각나지 않았다. 지원과 합쳐서 동거에 들어가면 영원히 함께 할지, 중간에 헤어질지는 알 수 없었다. 지원을 못 믿어서도 아니었고, 닥쳐 올 미래가 불확실해서도 아니었다. 한 번도 해보지 않은 일이라 두려움이 앞설 뿐이었다. 가끔 주변에서 동거를 하는 커플들을 본 적이 있었는데 그때는 부러움과 막연함이 뒤범벅이 된 기분이었다.

한결은 갑자기 머리가 복잡해졌다. 하지만 모두 잊어버리기로 했다. 지금 순간만큼은 지원만 생각하기로 했다.

"인생 뭐 있냐! 죽기밖에 더 하겠어?"

한결은 허공에 대고 외쳤다. 여러 번 외치고 나니 기운이 저절로 생기는 것 같았다. 희수가 이 소리를 들었다면 뭐라고 했을지 궁금했다. 역시 희수가 마음에 걸리는 건 어쩔 수 없었다. 희수가 없을 때 짐을 싸니 좀도둑이 된 느낌이었다. 희수에게 모든 걸 털어놓지 못한 것이 후회스러웠다.

미안해. 희수야.

한결은 가방을 들고 조용히 기숙사를 나왔다.

지원은 한결과 함께 살면 집이 좁을 거라고 생각했다. 하지만 한결의 짐을 보고는 괜한 걱정을 했나 싶었다. 한결의 짐은 가방 2개와 옷가지 몇 벌이 전부였으니까.

"이게 다야?"

지원은 가방을 들어 올려 방 안 구석에 놓았다. 갑자기 한결이 불쌍하다는 생각이 들었다. 방 안이 좁을 거라는 걱정은 사치였다.

"나가자."

"어디를?"

"옷 사러."

"지금?"

지원은 한결을 데리고 평소 자주 가던 '유니클로'에 갔다.

"골라 봐."

한결은 처음 와 보는 곳이었다. 필요하다고 생각되는 옷들을 바구니에 담았다. 청바지, 남방, 양말, 속옷, 모자를 골랐다. 한결은 태어나서 이렇게 많은 옷들을 한꺼번에 산 건 처음이었다. 지원은 한결이 고른 옷들을 꼼꼼하게 챙겼다.

일요일 오후 한결과 지원은 동네 할인마트에 갔다. 빨래걸이도 사고, 슬리퍼, 수건, 비누, 샴푸, 치약을 샀다. 생각보다 살게 많았다.

지원은 한결이 옆에 있어 든든하다고 생각했다. 한결이 옆에 있으면 무엇이든 할 수 있을 것 같았다. 원룸으로 돌아오는 길에 삼겹살과 소주를 사고, 약국에 들러 콘돔도 샀다.

한결은 마음이 급했다. 지녁에는 희수와 은서가 오기로 했던 것이다. 지원은 상추를 물에 씻고 한결은 삼겹살을 굽기 위해 휴대용가스레인지와 불판을 준비했다.

한결은 지원에게 친구들을 부르자고 했을 때 내심 걱정했다. 지원의 나이가 마음에 걸렸다. 하지만 지원은 환하게 웃으며 한결의 제안에 선뜻 동의했다. 지원도 희수와 은서를 빨리 만나고 싶다고 했다. 한결은 그런 지원이 한없이 고마웠다.

희수는 한결의 동거 사실을 은서에게 말했다. 은서는 한결에게 가자는 희수의 말에 당황스러웠다. 하지만 굳이 못 갈 이유도 없었다. 한결은 친구이기 전에 남자였고, 남자가 여자를 만나 반드시 결혼을 해야만 같이 산다는 이유는 어디에도 없었다. 걱정은 다른 데 있었다. 두 사람이 언제까지 동거를 할 것인지 의문이었다. 서로에게 상처만 주고 헤어진다면 너무도 큰 불행이라고 생각했다. 떠도는 소문에는 대학 근처에서 동거를 하다가 부모들에게 들통이 나 호된 곤혹을 겪었다는 전설 같은 이야기들이 떠돌아다니곤 했다.

<희수야. 지원이와 합치기로 했다. 네가 제일 마음에 걸린다. 이해해 주라. 자세한 건 만나서 이야기 하자. 일요일 오후에 은서와 같이 놀러 와라. 술이나 한잔 하자>

희수는 한결의 문자를 보고 있다가 은서가 옆에 온 것도 모르고 있었다.

"어디서 만난 거야?"

"알바."

희수는 한결의 문자를 은서에게 보여주었다. 은서는 문자를 꼼꼼히 읽었다. 합치기로 했다는 글자가 유난히 크게 보였다.

희수와 은서가 원룸에 도착했을 때는 저녁 6시를 넘기고 있었다. 한결은 원룸 밖에서 희수와 은서가 오기를 기다리고 있었다.

"왔어?"

지원은 희수와 은서가 들어오자 얼굴이 빨개졌다. 지원의 얼굴은 새색시가 집들이를 하는 것처럼 보였다.

"안녕하세요."

지원은 장미꽃이 그려진 앞치마를 입었다. 은서는 원룸을 한 바퀴 둘러봤다. 6평 남짓한 방 안은 조그마한 주방이 있고, 화장실이 별도로 있었다. 특이한 건 주방 쪽으로 베란다가 있다는 거였다.

한결은 방바닥에 신문지를 깔고 가스레인지를 올려놓았고, 냉장고에서 삼겹살을 꺼내어 굽기 시작했다. 지원은 신문지 위에 고추장과 상추, 깻잎을 쌓아놓고 묵은김치도 올려놨다. 도와주려는 은서를 지원이 한사코 말렸다.

"와 줘서 고맙다."

한결은 희수와 은서와 눈을 마주친 뒤 술을 따랐다.

"만나서 반가워요."

지원은 되도록이면 부드럽게 말하려고 애썼지만 일을 할 때 내던 목소리 같다는 생각이 들었다.

"저도 만나고 싶었습니다."

은서는 마음에도 없는 말을 내뱉었다. 희수는 목이 잠겨왔다. 무슨 말이든 해야 하는데 입에서만 맴돌 뿐, 말이 나오질 않았다. 옆에서 삼겹살을 굽고 있는 한결을 바라보았지만, 한결은 삼겹살 굽는 일에만 열중하고 있었다.

"희수 씨는 룸메이트 맞죠?"

"네."

"제가 룸메이트를 빼앗은 꼴이 되어버렸네요?"

지원은 멋쩍은 표정으로 희수를 바라봤다. 희수는 지원의 표정이 무엇을 의미하는지 알 수 없었다. 정말로 룸메이트를 빼앗아서 미안하다는 이야기인지, 동거는 큰 문제도 아니고 마음만 먹으면 누구나 할 수 있기에 가볍게 생각해 달라는 이야기인지 알 수 없었다.

희수는 원룸으로 오면서도 많은 생각들이 교차했다. 한결을 설득해서 동거를 막아야 하나, 아니면 시간을 벌어야 하나, 그것도 아니면…… 생각만 머릿속에 가득 채워진 상태로 끝은 보이지 않았다. 정답을 알 수 없었다.

은서는 지원이 행복해 보였지만 불안한 모습도 발견할 수 있었다. 은서는 그것을 애써 여자들만이 갖고 있는 본능적인 감각이라고 표현하고 싶었다.

은서는 다시 지원의 얼굴을 곁눈질로 바라봤다. 한결과 마주보며 웃는 모습이 행복해 보였다. 삼겹살을 굽고 있는 한결도 마찬가지였다. 하지만 보이지 않는 불안감을 어디서부터 찾아야 할지 모를 일이었다.

한결은 냉장고에서 소주를 꺼냈다. 방 한가운데에는 빈병이 3병이나 놓여있었고, 술이 바닥나 있었다.

"술이 없네."

한결은 일어나서 바지 주머니에 들어있는 지갑을 꺼냈다.

"내가 갔다 올게."

지원이 한결의 손에서 지갑을 빼앗아 밖으로 나갔다.

"같이 가요."

은서는 지원을 따라 밖으로 나왔다. 계단을 내려가고 있던 지원이 뒤돌아서 은서의 손을 잡았다.

"한결이 어디가 좋아요?"

지원은 발그레한 얼굴로 미소를 지었다.

"덧니."

"덧니요?"

은서는 한결의 덧니를 생각하니 웃음이 나왔다. 생각할수록 한결의 덧니가 생생하게 떠올랐다. 지원도 환하게 웃었다. 은서는 지원과 나란히 걸으며 지원의 옆얼굴을 훔쳐봤다.

한결이와 행복해지기를 바랍니다. 진심으로…… 하지만 초조해 보이는 이 느낌은 지울 수가 없습니다. 미안해요

은서는 마트로 들어가는 지원의 뒷모습을 조용히 응시했다. 나중에 지원을 또 만날 수 있을지는 알 수 없었다.

# 키 작은 소나무들의 연가

무더웠던 여름이 지나가고 2학기가 시작되었다. 기숙사에도 캠퍼스로 돌아오는 학생들로 북적이기 시작했다. 얼굴이 까맣게 탄 학생, 헤어스타일이 바뀐 학생, 안경이 바뀐 학생 등 각양각색이었다.

희수는 어제 마지막 아르바이트를 끝냈다. 편의점 일이 힘들긴 했지만 보람찬 방학이었다고 생각했다.

은서도 며칠 전 커피숍 일을 끝냈다. 주인 여자는 은서에게 계속해서 일을 해 주기를 부탁했지만 은서는 무리라고 생각했다. 주인 여자는 할 수 없이 겨울방학에 다시 와 줄 것을 신신당부했다. 은서는 그런 주인이 감사하고 미안할 뿐이었다.

희수는 빨래방에 갔다 왔다. 술이 잔뜩 취해서 들어온 한결은 아직 침대 위에서 널브러져 자고 있다. 어디서 뭘 하다가 온 건지 머리며 옷, 신발이 모두 비에 젖어있었다.

한결은 새벽 3시가 넘어서야 들어왔다. 한결은 희수의 어깨에 잠시 기대어 있었다.

"세상 좆같다."

"무슨 일이야?"

"정말 세상 더럽다."

한결은 대충 옷을 벗고는 침대에 고꾸라졌다. 희수는 한결이 지원과 문제가 생겼다는 것을 직감했다. 어차피 동거였고 두 사람이 영원히 함께 할 수는 없다고 생각했다. 언젠가는 각자의 길로 돌아갈 거라고 생각했다. 은서도 같은 생각을 말한 적이 있었다. 하지만 이렇게 빨리 끝날 줄은 예상하지 못했다.

희수는 침대 밑에 널려있는 한결의 옷과 양말을 주워 세탁물 바구니에 넣었다. 아직도 축축했다. 한결의 몸에서는 아직도 술 냄새가 진동했다. 술독에 빠졌다 나온 것 같았다. 희수는 창문을 활짝 열고 운동화를 창가에 올려놓았다.

희수는 편의점에서 컵라면과 삼각김밥 2개를 샀다. 한결이 잠에서 깨면 제일 먼저 컵라면부터 찾을 것이 뻔했다.

"무슨 일이야?"

희수는 컵라면과 삼각김밥이 들어있는 봉지를 침대 위에 올렸다.

"지원이 생각해?"

"아니야."

한결은 머리 뒤를 긁적이다가 쓴웃음이 나왔다. 지원과 가르지엔 사장의 얼굴이 빠르게 스쳐 지나갔다. 한결은 지원과 동거를 시작하면서 이렇게 빨리 헤어질 줄은 전혀 예상하지 못했다.

동거를 시작한 지 3주가 지났을 때, 생각지도 못한 일이 발생했다. 사장이 동거한다는 사실을 알아버린 것이다. 누가 고자질했는지는 모를 일이었다. 사장은 일이 끝나고 두 사람을 불렀다.

"동거한다며?"

사장은 담배를 입에 물고는 주방 쪽을 물끄러미 바라봤다.

"동거하는 건 자유지만 이건 아니야."

"죄송합니다."

한결과 지원은 고개를 숙인 채 아무 말도 할 수 없었다. 사장은 창밖을 바라보다가 말했다.

"두 사람 내일부터 나오지 마. 소문날까 봐 겁난다."

사장은 바지 주머니에서 봉투 2개를 꺼내더니 탁자 위에 올려놓고는 밖으로 나가버렸다. 한결과 지원은 하루아침에 일자리를 잃어버렸다.

한결은 지원에게 미안했다. 사장에게 신뢰를 쌓으며 일했던 날들이 자신 때문에 무너져버린 것 같았다. 그러나 지원은 내색하지 않았다.

한결과 지원은 다음날부터 아르바이트를 구하러 다니기 시작했다. 하지만 생각처럼 쉽지 않았다. 수입은 없이 지출만 계속 발생했지만 당분간 큰 문제는 없었다. 모아 둔 돈도 있었다. 하지만 고통스러운 일은 따로 있었다. 당장 일이 없다는 현실이었다. 날씨는 점점 더워지고, 원룸은 찜통 같았다. 섹스하는 횟수도 점점 줄었다.

며칠 후, 지원이 술에 잔뜩 취해서 들어왔다.

"당분간 떨어져 있자."

지원은 발음도 제대로 안 되는 상태로 말했다. 그리고 까무룩 잠에 빠져들었다. 한결은 지원의 신발과 옷을 벗기고 이불을 펴서 눕혔다.

한결은 기숙사를 나올 때 희수에게 문자를 남기고 온 것처럼 지원에게도 문자를 남기고 원룸을 조용히 나왔다.

<기숙사로 간다>

한결은 다음 날 지원에게 전화했지만 전화기는 꺼져 있었다. 3일 후에 원룸으로 찾아갔지만 문은 굳게 닫혀있었다.

일주일 후 한결은 원룸을 다시 찾아갔다. 아침부터 쏟아지는 비는 멈출 줄 몰랐다. 골목길로 접어들자 지원의 차가 보였다. 한결은 안도의 한숨을 내쉬었다. 차가 있으니 아직 원룸은 떠나지 않았을 거라고 생각했다. 하지만 지원의 얼굴을 보면 무슨 말을 해야 할지 생각이 나질 않았다.

한결은 우산을 받쳐 들고 원룸 앞으로 걸어갔다. 고개를 들어 정면을 바라보고 있을 때, 지원이 나오고 있었다. 지원은 혼자가 아닌 남자와 팔짱을 끼고 있었다. 한결은 고양이에게 발각된 생쥐처럼 놀라서 옆 건물로 몸을 숨겼다. 가슴이 마구 뛰었다.

한결은 우산으로 얼굴을 가린 채 두 사람을 응시했다. 남자는 차에서 종이박스를 꺼내고 있었고, 지원은 우산을 받쳐 들고 있었다. 한결은 남자 얼굴을 자세히 바라봤다. 아르바이트를 했던 퓨전 술집

가르지엔 사장이었다. 행복해 보이는 두 사람은 쏟아지는 빗줄기를 뒤로 하고 원룸 안으로 유유히 사라졌다.

한결은 처음으로 배신감이란 단어를 떠올렸다. 그 단어는 생소했고, 낯설었다. 희수와 은서의 얼굴이 교차했다. 북받쳐 올라오는 뜨거운 액체가 입 안에서 미지근하게 씹혔다. 이 세상에 홀로 남아 있는 것 같았다. 한결은 우산을 땅바닥에 집어던져버렸다. 쏟아지는 빗줄기가 머리 위에서 발끝까지 젖어들었다. 입 안으로 들어오는 비를 음미했다. 현실은 비참하고 쓰지만 비는 부드럽고 달았다.

한결은 두 손을 바지 주머니에 찔러 넣고는 축축한 아스팔트길을 걸었다. 목적지는 따로 없었다. 발길 닿는 대로 마냥 걸었다. 가끔 우산을 같이 쓰며 마주 오는 연인들이 보였다. 한결은 스쳐 지나가는 연인들을 뒤돌아 바라보며 한참 동안을 응시했다. 빗방울이 눈썹에 매달려 앞이 보이질 않았다.

시발. 사랑이 밥 먹여 주냐.

한결은 기숙사 안내방송에 귀를 쫑긋 세웠다. 생활지원센터에서 새로 설치된 무인택배시스템에 대한 사용법을 공지하는 내용이었다.

여름방학은 끝났지만 더위는 쉽게 가실 줄 몰랐다. 에어컨 시설이 빈약한 일부 강의실은 여전히 찜통 같았다. 학생들은 땀을 흘리며 부채질을 했고, 교수나 강사들도 더위에 지쳐 있었다. 학생들은 강의가 끝나면 냉방시설이 좋은 중앙도서관이나 학생회관, 기숙사 휴게실, 이스퀘어 커피숍으로 몰려갔다.

한결은 진동이 오는 느낌에 바지 주머니에서 전화기를 꺼냈다. 은서에게서 문자가 와 있었다.

<저녁 7시. 호연관 분수대>

한결은 은서가 보낸 문자를 보면 거절하기가 힘들었다. 이유는 간단했다. 거절할 이유가 없었다.

"독심술 쓰는 거 아냐?"

"뭐?"

"우리가 뭘 하고 싶어 하는지 족집게 같잖아?"

"미친 놈."

희수는 한결의 뒤통수를 치며 어이없다는 표정을 지으며 웃었다.

저녁이 되었지만 더위는 물러날 줄 몰랐다. 하지만 뜨겁게 달구던 열기는 많이 시들어 있었다. 호연관 뒤편에는 분수대와 연못이 있었고, 광교산 꼭대기에서 불어오는 바람은 시원했다. 은서가 왜 이곳으로 오라고 했는지 알 것 같았다.

한결은 자작나무 밑에 돗자리를 깔고 누웠다. 희수도 나란히 누웠다. 오랜만에 맛보는 여름 풍경이었다. 하늘에는 하얀 솜뭉치들이 한 방향으로 흘러가고 있었고, 새들의 지저귐도 들려왔다. 여름이 떠나감을 아쉬워하듯 매미들은 마지막 노래를 하고 있다.

"여길 왜 몰랐지?"

한결은 흥에 겨운지 팔베개를 하고 콧노래를 불렀다. 희수는 눈을 감고 매미들의 울음소리를 들었다. 매미소리는 커졌다, 작아졌다를 반복했다. 갑자기 조용하다가 한 놈이 울면 다른 놈들도 질세라 있는 힘을 다해서 울었다.

희수는 매미 소리가 점점 작게 들리기 시작했다. 매미들이 이제 세상을 떠날 준비가 됐다고 생각했다. 희수는 매미들을 향해 말했다.

"내년에 또 보자."

"술이나 한잔 하자고 했지, 잠자라고 했어?"

희수는 은서의 목소리에 벌떡 일어났다. 은서는 어깨에서 아이스백을 내려놓으며 희수와 한결을 째려보았다. 한결도 놀랐는지 벌떡 일어나 아이스백을 받아 들었다.

은서는 아이스백에 캔맥주를 가득 넣어 가지고 왔다.

"무겁지 않았어?"

은서는 아무렇지 않다는 듯 캔맥주를 따서 희수와 한결에게 건넸다.

"건배."

한결은 캔맥주를 마시며 계속해서 감탄사를 내뱉었다.

"은서 최고 죽인다."

희수도 여름방학 동안 지쳐있던 몸과 마음이 한 번에 날아가는 것 같았다. 아르바이트를 했던 일들이 바람처럼 스쳐 지나갔다. 광교산 형제봉에 머물러 있던 작은 바람이 호연관 뒤편에서 나지막이 불어왔다. 분수대는 캔맥주처럼 하얀 거품을 일으키며 하늘로 치솟았다.

가을이 성큼 다가왔다. 영문학과 게시판에는 연합MT를 알리는 게시물이 붙어있었다.

<안녕하세요. 제56대 영문학과 학생회에서 알려드립니다. 오는

10월 11일 연합MT를 개최합니다. 싱그러운 자연 속에서 맛있는 음식과 멋진 시간을 학우님들과 함께 하고 싶습니다. 최고의 대학생활을 위한 최고의 솔루션을 연합MT에서 만나실 수 있습니다. 많은 신청 바랍니다.

○일시 : 2013년 10월 11일~12일

○장소 : 양지리조트>

희수는 연합MT가 낯설었다. MT가 대학생활의 일부이긴 했지만 사치스럽다는 생각이 들었다. 예전에 어머니가 자주 했던 말이 생각났다.

"공부도 중요하지만 좋은 친구를 사귀어야 한다. 진심이 가득 찬 친구를 만나야 한다."

이른 아침부터 기숙사 앞에는 영문학과 학생들이 모여들기 시작했다. 교수들과 조교들도 눈에 띄었다.

희수와 한결은 버스에 올라탔고, 뒷자리는 선배들이 차지하고 있었다. 버스는 정해진 시간에 따라 출발하기 시작했다.

버스는 동수원IC를 빠져나와 영동고속도로를 달리기 시작했다. 한결은 자리에 앉자마자 코를 골며 잠이 들었다. 버스가 달리기 시작한 지 15분 정도 지나자, 뒷좌석에 있던 3학년 선배들이 술을 마시기 시작했다.

나도 저렇게 될까.

희수는 일부러 차창 밖으로 시선을 돌렸다. 마을들이 듬성듬성 보이고, 집, 논, 밭, 나무, 전선줄이 빠르게 지나갔다. 멀리 산자락도 희미하게 보인다. 희수는 대전에서 올라올 때가 생각났다. 그때도 지금과 마찬가지의 풍경 같았다. 다른 점이 있다면 그때는 대학에 대한 설렘 때문이었는지, 무엇을 보았는지 자세히 기억이 나질 않는다.

희수는 눈을 감았다. 선배들이 떠드는 소리와 한결의 코고는 소리가 뒤엉켜 귓가에 들려왔다.

잠깐 잠이 든 희수가 눈을 떴을 때, 버스는 용인휴게소로 들어가고 있었다. 뒷좌석에 있던 선배들과 조교들이 빠르게 내리면서 화장실로 달려가는 모습이 보인다. 한결은 계속 잠을 자고 있다.

"일어나."

희수가 한결의 어깨를 흔들자 그는 마지못해 눈을 떴다.

"어디야?"

"휴게소."

한결은 희수를 보고는 씩 웃더니 자리에서 일어났다.

"화장실 가자."

희수는 버스에서 내렸고 한결도 서둘러 따라 내렸다. 휴게소 안은 많은 학생들로 북적거렸다. 화장실, 편의점, 식당마다 길게 줄을 서야 했다. MT시즌에 전국에 있는 대학생들이 MT를 가다 보니 휴게소마다 대학생들로 넘쳐났다.

희수와 한결은 담배를 피우고 화장실에 들렀다.

"커피 마시자."

희수는 커피를 사러 편의점 안으로 들어갔다. 학생들이 길게 줄지어 서 있는 한가운데에 은서와 규리가 손을 잡으며 차례를 기다리고 있었다. 한결은 은서와 규리에게 손을 흔들었다. 뒤에는 원준이 보였다.

"원준이 우리하고 같은 차에 탔어?"

"못 봤는데."

희수와 한결은 커피를 사서 버스가 있는 곳으로 걸어갔다. 먼저 나간 은서와 규리는 이미 보이지 않았고, 영문학과 학생들이 버스에 올라타고 있었다. 30분쯤 지나자 버스 뒷좌석에 있던 조교가 앞으로 나왔다.

"리조트에 도착하면 입구에 배정된 호실이 붙어있습니다. 확인하고 올라가세요."

조교는 버스 안을 빠르게 둘러보고는 자리로 돌아갔다.

희수와 한결은 리조트에 도착하자 배정된 호실을 확인하고 방으로 올라갔다. 지하 식당에서 저녁식사를 7시까지 마치고 잠시 휴식을 취한 뒤에 7시 30분까지 강당에 집합하게 되어 있었다.

희수와 한결은 저녁을 먹고 난 후, 방으로 들어갔다. 방에는 이미 술판이 벌어져 있었다. 강당에 모인 교수, 조교, 학생들은 사회자 진행에 따라 10개 조로 나뉘어 흩어졌다 모였다를 반복하고 있었다. 조마다 교수들과 조교들이 한 명씩 들어갔다.

사회자는 마이크 테스트를 끝내고 게임에 대해 설명하기 시작했다. 도전 50곡, 지구는 초만원, 돼지씨름, 딱지 뒤집기, 패션대회, 비스킷 먹고 휘파람 불기, 영어로 부르기, 실내올림픽 10종 경기. 게임만 15개가 넘었다. 갑자기 여기저기서 야유가 들려왔다. 하지만 모두들 즐거운 표정들이었다.

사회자는 레크리에이션 강사를 소개했고, 우레와 같은 박수 소리가 들렸다. 강사는 게임에 대해 자세히 소개한 뒤, 우승과 준우승을 한 조에게는 푸짐한 상품이 있다고 했다. 9시부터는 야외에서 바비큐 파티가 있다는 말도 잊지 않았다.

첫 번째 게임은 도전 50곡이었다. 노래를 끊이지 않게 불러야 우승 할 수 있는 게임이다. 1조에 김도언 교수부터 노래를 하기 시작했지만 시작부터 엉망이었다. 3번째 학생이 노래를 하지 못해 모두의 웃음을 샀다.

3번째 게임인 딱지 뒤집기가 시작되었다. 그때 한결은 희수와 은서에게 조용히 다가갔다.

"재미없다. 나가자."

"지금?"

한결은 방에 올라갔다 오더니 가방을 메고 내려왔다. 희수와 은서는 영문도 모른 채 한결의 뒤를 따라갔다.

"뭐야?"

"술하고 안주."

은서는 어이없는 표정을 지으며 한결의 팔을 꼬집었다.

"윽!"

한결은 리조트 뒤에 수목원이 있다고 했다. 거기서 한잔하고 시간에 맞춰 바비큐 파티에 가자고 했다. 정문 옆으로 돌계단이 보였다. 계단을 내려와서 나무로 만든 다리를 건너가니 삼거리가 나왔다. 표지판을 보며 수목원으로 가는 방향을 찾고 있을 때, 누군가 뒤에 있는 모습이 보였다.

"누구야?"

한결은 떨리는 목소리로 나지막이 말했다. 언뜻 보면 간첩들이 접선을 하고 있는 모양새였다.

"누구냐고?"

"나야."

원준이었다. 다섯 발자국 정도 뒤에 서 있던 원준의 모습은 길을 잃어버린 초등학생 같았다.

"따라온 거야?"

"어디 가?"

"수목원."

"왜?"

"그냥."

"같이 가자."

"그럼 처음부터 같이 가자고 할 일이지."

한결은 원준의 손을 잡아당겼다.

"수목원에 뭐 있냐?"

"아니."

"그럼 밖으로 나가자."

"더 좋은데 있어?"

"따라와."

원준은 정문에서 만나자고 하더니 지하주차장으로 내려갔다. 강당에서 빠져나온 것이 내키지 않았던 희수는 밖으로 나가자는 말에 마음이 편치 않았다. 한결과 은서는 멀뚱히 원준의 뒷모습만 보고 있다.

"나가기 싫지? 이렇게 된 거 드라이브만 하고 오자."

10분 정도 지나자 지하주차장으로 내려간 원준이 차를 가지고 올라왔다. 대학입학 선물로 어머니가 사준 하얀색 아우디였다. 한결은 원준의 차를 보더니 입을 다물지 못했다. 언젠가 학회장이 말했던 그 차였다.

"네 차야?"

"타."

원준은 리조트 정문을 빠져나와 달리기 시작했다. 20분 정도를 달리자 주위에는 식당, 상가, 마주 오는 차들 외에는 아무 것도 보이지 않았다. 간혹 도로 옆으로 호수인지 저수지인지 모를 것들만 뜨문뜨문 보일 뿐이었다. 사거리에 서 있던 차는 직진을 하다가 유턴을 했고, 10분 정도를 달리다 다시 유턴을 했다. 희수는 원준을 따라 나선 것이 후회됐다.

"아는 데가 있는 거야?"

"아니."

"계속해서 유턴만 할 거야?"

원준는 뒤를 힐끔 보다가 내비게이션을 켜고 어딘가를 입력했다. 10분 정도를 달려 도착한 곳은 뒤쪽으로 호수를 끼고 위치한 야외 테라스가 있는 카페다. 입구에는 '앤드밀크'라고 쓰인 커다란 입간판이 바람에 흔들거리고 있었다.

원준이 안으로 들어가자 한결과 은서도 뒤따라 들어갔다. 희수는 불편했지만 되돌아가기엔 너무 멀리 와 버렸다는 생각이 들었다.

야외 테라스에서 바라보는 호수는 잔잔했고, 테라스 끝에서 비춰주는 조명등은 포근했다. 와인과 음식들이 탁자 위에 놓였다. 한결은 카페 분위기에 놀라기도 했지만 그 음식에 더욱 놀랐다.

"아는 데야?"

"아니."

원준은 한결의 잔에 술을 따라주었다.

"죽인다!"

원준이 팔짱을 끼며 말했다.

"돈 걱정 말고 많이 마셔."

원준은 옆에 있던 희수와 은서의 잔에도 술을 따랐다.

"안 마셔?"

희수는 원준을 힐끔 보다가 은서에게 고개를 돌렸다.

"난 술 안 좋아해."

"이건 와인이야."

"와인은 술 아니야?"

희수는 애써 웃음을 지어보이며 계속해서 잔만 만지작거렸다. 여기까지 따라온 자신이 한심하다는 생각을 지울 수 없었다. 밤이 점점 깊어가고 있었다. 은서는 불안해지기 시작했다.

"한결아. 그만 마셔."

한결은 희수 말에 아랑곳하지 않은 채 잔을 들어 보이며 웃었다.

"밤새 마시자."

희수는 한숨이 나왔다. 자리에 앉아있기가 불편했다. 원준과 한결은 서로 주거니 받거니를 반복하며 술을 마셨다.

희수는 맑은 공기를 마시고 싶었다. 카페 뒤편은 조용했다. 어둠이 깔린 호수는 조명등이 내리쬐는 불빛에 잔잔한 물 주름을 만들고 있었고, 물오리 떼들이 조용히 지나가고 있었다.

희수는 바지 주머니에서 담배를 꺼냈다. 처음부터 한결을 말리지 못한 자신이 원망스러웠다. 원준보다 한결이 더 미워졌다.

"불편해?"

은서는 울타리 난간에 기대어 호수를 바라봤다. 희수는 하늘을 향해 담배 연기를 길게 내뱉었다. 은서는 희수가 담배를 다 피울 때까지 아무 말도 하지 않았다. 딱히 할 말이 생각나지 않았다.

"원준인 잘 모르겠어."

"뭐가?"

"다른 나라 사람 같아."

희수는 담배를 땅바닥에 비벼 끄고는 은서와 같이 울타리 난간에 팔을 올렸다.

"가자."

은서는 희수의 팔을 잡아당겼다. 더 늦기 전에 리조트로 돌아가야 했다. 희수와 은서가 자리에 돌아왔을 때 원준과 한결은 많이 취해 있었다. 두 사람은 춘천에 대해서 떠들고 있었다.

"춘천은 호반의 도시야. 인심도 좋고 구경할 데도 많아."

"구경거리가 뭐가 많냐? 서울이 최고지."

원준은 입에 힘주어 말했다. 한결은 술에 취해 목소리도 커지기
시작했다.

"서울이 뭐가 최고냐?"

원준은 어이가 없다는 표정을 지어보이며 잔을 다시 들었다.

"너희들 이 대학에 왜 왔냐? 솔직히 취업 때문에 온 거 아니야?"

한결은 한쪽 눈을 게슴츠레 뜨고는 원준을 바라봤다.

"너희들 지방대학 나와 봤자 별 볼 일 없잖아? 안 그래? 취업도
안 되고…… 백수밖에 더 있어?"

한결은 대꾸할 말이 생각나지 않았다. 무심코 고개만 끄덕거릴 수
밖에 없었다. 희수는 탁자에 손을 올린 채 원준의 눈을 응시했다.

"서울이 그렇게 좋아?"

"당근이지."

"뭐가 좋아?"

"다 좋지."

원준은 엄지손가락을 추켜올렸다. 은서는 점점 불안해졌다. 이러
다 싸움이라도 날 것 같았다. 서둘러야 했다. 은서는 카운터로 가서
대리운전을 부탁했다. 은서가 자리에 돌아왔을 때 원준은 계속해서
서울 이야기를 하고 있었다.

"희수야. 가자."

리조트로 돌아오는 차 안은 적막감이 감돌았다. 한결과 원준은 술이 떡이 되어 횡설수설 하였고 희수는 화가 많이 난 얼굴이었다. 리조트 입구에 도착하자 원준이 희수에게 말했다.

"김희수. 서울이 왜 좋은지 보여줄까?"

은서는 고개를 돌려 원준을 바라봤다. 갑작스런 원준의 말이 무슨 뜻인지 알 수 없었다. 하지만 희수의 답변은 뜻밖이었다.

"보여 줘."

"좋아. 보여 주지."

은서는 백미러에 비춰진 원준의 얼굴을 바라봤다. 곱슬머리는 바람에 휘날려 나풀거리고 있었다. 원준의 앳된 얼굴은 보이지 않고, 빨갛게 충혈된 두 눈동자만 정면을 응시하고 있었다.

# 생일파티는 무죄

희수는 마음에 내키지 않았지만, 약속은 약속이었다. 원준의 집이 잘 산다는 건 영문학과 내에서 모두 아는 사실이었다.

희수가 원준의 생일파티에 가는 이유는 단 한 가지였다. 연합MT 때 자신이 내뱉은 말을 실천하고 싶었을 뿐이었다. 원준이 차 안에서 서울이 왜 좋은지 보여 준다고 했을 때 희수는 망설임 없이 대답했다.

희수는 기숙사로 돌아와 후회했다. 원준의 생일날이 가까워질수록 후회는 쌓여갔다.

청담역에 도착한 시간은 오전 11시를 막 지나고 있었다. 원준의 집은 청담동에 위치한 고급 주택단지다. 주변에 있는 집들은 모두 2층 아니면 3층이었고, 소나무들도 많이 보였다.

한결은 청담역 2번 출구로 올라오면서 입을 다물지 못했다. 은서도 놀라지 않을 수 없었다. 영화나 드라마에서 보았던 서울 강남 부자들이 사는 동네였다. 은서는 원준에게 전화를 했다.

"어디야?"

"2번 출구."

은서는 2번 출구 입구에서 멀리 보이는 차도 쪽을 바라봤다. 7분 정도 지나자 차도 쪽 옆길에서 원준이 걸어오고 있었다.

"잘 찾아 왔네?"

원준은 희수의 얼굴을 힐끔 쳐다보더니 앞서 걸어갔다.

"따라와."

은서는 원준의 집에 들어서는 순간 숨이 멎는 것 같았다. 자주색 나무로 된 정문은 조선시대 궁궐 문 같았고, 하늘을 향해 치솟은 소나무들이 옹기종기 모여 있다. 정문부터 현관문까지는 회색빛 타일이 반짝거리며 비단길처럼 깔려 있다. 파란 잔디는 정원에 카펫을 깔아 놓은 듯 했다. 현관문을 열고 들어가자 거실 한쪽에는 벽난로가 있었고, 위에는 커다란 가족사진이 달려 있었다.

한결도 입을 다물지 못했다. 원준이 부자라는 건 알고 있었지만 직접 눈으로 보고도 믿을 수가 없었다. 은서는 가족사진을 물끄러미 바라봤다.

"아빠랑 엄마야."

원준은 가족사진을 손으로 가리키며 자신의 미술작품을 설명하는 화가처럼 말했다.

"친구들 왔니?"

원준의 아버지와 어머니가 뒤에서 걸어왔다.

"친구들이야?"

"네."

"여자 친구도 있었네."

원준의 아버지와 어머니는 손에 장갑을 끼고 물받이 통을 들고 있었다. 원준은 한결의 어깨에 손을 얹고는 2층으로 올라가는 계단으로 걸어갔다.

"놀랐어?"

"너 방이 어디야?"

한결은 원준의 방에 들어가는 순간, 또 한 번 놀라지 않을 수 없었다. 희수와 같이 사용하는 기숙사 방보다도 5배 이상은 넓었으며, 모든 가구는 원목으로 짜여 있었다. 드레스 룸이 따로 있었고 화장실도 있었다. 10명이 같이 자도 충분할 것 같은 침대가 방 한가운데에 놓여 있었다.

"너 방이야?"

"당근이지."

원준은 대수롭지 않다는 듯 드레스 룸 문을 활짝 열었다. 안에는 옷과 신발, 모자, 가방들이 산더미처럼 쌓여 있었다. 한결은 눈을 어디에다 두어야 할지 몰랐다. 그 중에서도 등 뒤에 금박으로 에펠탑이 새겨진 검은색 잠바가 눈에 들어왔다.

"죽인다."

"갖고 싶어?"

115

원준은 잠바를 꺼내서 한결에게 주었다.

"가져."

"진짜?"

한결은 덧니를 드러내며 좋아서 어쩔 줄 몰라 했다. 석고상처럼 뒤에 서 있던 희수가 밖으로 나가려고 하자 원준이 말했다.

"마음에 드는 거 없어?"

"생일 밥이나 먹자. 배고프다."

원준은 1층으로 내려와 주방으로 들어갔다. 탁자 위에는 케이크와 음식들이 놓여 있다. 원준은 모두 앉으라는 손짓을 하며 케이크에 꽂힌 초를 바라봤다.

"재미있게 놀다 가요."

얼굴에 짙게 화장을 한 원준의 어머니는 한 손에 자동차 키를 들고 있었다.

"백화점에 갔다 올게."

원준의 어머니는 미소를 지으며 말했다.

"이름이 은서?"

은서는 원준 어머니의 갑작스런 질문에 당황했다.

"네."

"원준이에게 이야기 많이 들었어요."

원준의 어머니는 자동차 키를 핸드백 안에 넣더니 현관문을 열고 나갔다. 원준은 주방 수납장에서 양주를 꺼냈다.

"마음껏 마셔."

"비싸 보인다."

원준은 양주 마개를 따며 쓴웃음을 지었다.

"비싼 건 알고 있어."

희수는 양주병을 보다가 어머니가 생각났다. 5년 전 어머니 생일 날 모아 둔 용돈을 탈탈 털어서 목도리를 산 적이 있었다.

"목도리는 왜 샀어?"

"어머니 생일이잖아."

"네가 무슨 돈이 있다고?"

"비싼 거 아니에요."

희수는 목도리를 어머니 목에 둘러주었고, 어머니는 한없이 기뻐했다. 희수는 기뻐하는 어머니의 얼굴을 보며 다짐했다. 나중에 대학에 들어가서 졸업을 하고, 좋은 직장에 취업해서 많은 돈을 벌겠다고. 그래서 어머니를 편안하게 모시겠다고. 먼 훗날 어머니가 깜짝 놀랄 만한 선물을 사드리겠다고.

희수는 축하 노랫소리와 박수 소리에 눈앞에 있는 케이크를 바라봤다. 가느다란 초에서는 하얀 연기가 지렁이처럼 비실대며 올라가고 있었다.

한결은 원준이 따라준 술을 한 모금 마시더니 감탄스러운 표정을 지으며 엄지손가락을 추켜올렸다.

원준은 잔에 술을 가득 따라서 희수 앞에 놓았다. 은서는 케이크를 잘랐다. 희수는 잔을 앞으로 내밀며 말했다.

"축하해."

"땡큐."

원준은 한쪽 입술을 삐죽거리더니 희수의 잔에 부딪쳤다. 희수는 잔을 입술에 갖다 대고 양주의 향을 맡았다. 속이 울렁거렸다. 술이 목구멍으로 넘어가지도 않았는데 토할 것 같았다. 역겨웠다.

희수는 자리에서 일어나 밖으로 나왔다. 맑은 공기가 필요했다. 술을 전혀 못 마시는 건 아니지만, 비싸고 독한 양주를 왜 마시는지 이해할 수 없었다. 10분 정도가 지나자 정신이 맑아지는 것 같았다. 정신이 돌아오니 은근히 한결이 걱정되었다. 술이라면 자다가도 벌떡 일어나는 한결이었다.

희수는 현관문을 열고 주방으로 걸어갔다. 원준과 한결은 주거니 받거니를 계속하고 있었고, 은서는 준비한 생일선물을 어떻게 해야 할지 망설이고 있었다.

"선물이야."

"선물?"

은서는 금박지로 포장된 선물을 원준에게 내밀었다.

"지갑이네."

"그냥 정성이야."

원준은 지갑을 열어보며 고개를 끄덕이더니 주방 안쪽 서랍에 쑤셔 넣었다.

"무슨 돈이 있다고 선물을 샀어?"

은서는 희수의 얼굴을 바라봤다. 원준이 생일초대를 했을 때도 제일 먼저 가겠다고 한 건 희수였다. 은서는 원준에게 줄 생일선물을 결정할 수 없었다. 희수나 한결이라면 고민할 필요도 없었겠지만, 원준은 달랐다. 지갑을 사자고 한 건 희수였다.

화장실을 다녀온 한결은 여름방학 아르바이트 이야기를 꺼냈다.

"많이 벌었어?"

"150만원."

원준은 한심스럽다는 표정으로 희수와 은서를 번갈아 바라봤다.

"두 사람도 비슷하겠네?"

희수는 계속해서 술잔만 만지작거리며 원준의 말을 듣고 있었다.

은서는 점점 자리가 불편해지기 시작했다. 연합MT가 있던 날, 차 안에서 원준이 했던 말이 다시 생각났다. 원준은 한결의 잔에 술을 따르며 말했다.

"사는 게 왜 이리 궁색하냐."

한결은 원준의 말에 덧니를 드러내며 웃더니 원준의 어깨에 손을 올렸다.

"궁색하면 어떠냐. 친구들이 있는데."

원준은 어이가 없는 표정으로 한결을 바라봤다.

"나처럼 살아봐라."

"너처럼?"

"난 돈 같은 건 걱정 안 해."

희수는 처음으로 술을 한 잔 마시고 잔을 탁자 위에 내려놓았다.

"너처럼 사는 게 멋있어 보이냐?"

원준은 또 다시 어이가 없다는 표정이다.

"당연하지. 난 너희들처럼 궁상떨지 않아."

"궁상?"

"그래."

희수는 자리에서 벌떡 일어나 한결의 팔을 잡고는 은서를 바라보았다.

"그만 가자. 역겹다."

"역겹다고?"

"구역질난다."

"구역질?"

"말 다 했어?"

"다 했다."

원준은 자리에서 일어나 희수의 얼굴을 노려보았다. 술을 너무 많이 마신 걸까, 희수의 얼굴이 두 개로 보인다.

"내가 부럽지? 서울이 최고지?"

"서울은 최고지만, 너의 집은 역겹다."

"뭐야?"

"구역질나."

원준은 엄지손가락을 내리며 희수의 얼굴을 조용히 바라봤다.

"김희수. 평생 알바나 하면서 살아라."

"뭐?"

희수는 비틀거리는 원준 얼굴에 오른손 주먹을 날렸다.

퍽!

"윽!"

희수의 주먹을 맞은 원준은 주방 바닥으로 나뒹굴었다. 희수는 두 주먹을 꼭 쥐고는 바닥에 널브러져있는 원준을 바라봤다.

"개자식! 앞으로 아는 척 하지 마. 알았어?"

은서는 갑작스레 벌어진 일을 어디서부터 정리해야 할지 알 수 없었다. 한결도 멍하니 서서 원준을 바라봤다. 희수는 현관문을 열고 나가버렸다.

"김희수. 감히 날 때렸어?"

원준은 겨우 일어나 술잔을 들더니 단숨에 들이켰다. 은서는 수건에 물을 묻혀 원준의 얼굴에 가져다 댔다. 원준은 희수에게 맞은 왼쪽 뺨을 만지며 2층 방으로 올라가 버렸다.

김희수. 개새끼. 두고 보자.

은서와 한결은 원준의 집을 나왔다. 밖은 이미 어두워져 있었다. 청담역으로 걸어가는 동안 등 뒤에서 원준의 목소리가 들려왔다.

은서는 희수에게 전화를 걸었지만 받지 않았다. 청담역 계단으로 내려가기 전에 작은 원을 그리며 희수를 찾았지만 희수는 보이지 않았다. 계속해서 원준의 목소리만 들려왔을 뿐이었다.

# 논산으로 달려 간 아이들

겨울방학이 시작되었다. 곧 새해가 올 것이다. 희수는 입학식이 어제 있었던 것처럼 생생했다. 풋내기 같은 1학년 생활은 바람처럼 지나가고 2학년이 시작된다. 며칠 후면 4학년 선배들 졸업식이 있을 테고, 신입생 입학식이 있을 것이다.

한결은 한 달 전부터 '나루극예술연구회'라고 불리는 동아리에 들어가 연극에 푹 빠져 있었다. 한결이 연극을 한다고 했을 때 은서는 배꼽을 잡고 웃었다. 희수는 한결이 연극하는 모습을 상상했다. 웃음이 나올 줄 알았는데, 한숨이 먼저 나왔다. 한결은 아침부터 연극을 보여주겠다며 호들갑을 떨었다.

"빨랑 내려와!"

"어디로?"

"휴게실."

희수는 전화기를 끄고 한결의 침대를 바라봤다.

괴물 같은 놈.

희수는 휴게실로 내려갔다. 은서는 먼저 내려와 자리에 앉아 있었다. 한결은 그 앞에 서서 천장을 바라보며 중얼거리고 있다.

"헌데 쉬, 봐. 저것 봐, 그게 다시 왔어.

급살을 맞더라도 맞서겠다.

서라, 환영아.

네가 소리나 음성을 낼 수 있다면,

내게 말하라.

무슨 좋은 일을 해서 너는 평안을

그리고 나는 영예를 얻을 수 있다면,

내게 말하라.

네가 이 나라의 운명과 내통하고

그걸 혹시 미리 알아 피할 수 있다면,

제발 말하라.

혹은 네가 생전에 강탈한 보물들을

자궁 같은 땅 속에 감췄으면, 그 때문에

죽은 후에 영혼들이 자주 배회한다던데,

그걸 말하라. 멈춰, 말해.

막아, 마셀러스"

한결은 공중을 향해 두 팔을 활짝 벌렸다. 희수와 은서는 얼떨결에 박수를 쳤다.

"생각보다 잘 하는데? 제목이 뭐야?"

"햄릿."

"햄릿?"

"햄릿 아버지 유령 역할이야."

한결은 햄릿 아버지의 유령이 된 것처럼 얼굴을 찡그려 보였다.

"언제 공연해?"

"3월에 호연관 소강당."

"정말?"

"그런데 시간이 없어."

한결은 의자에 털썩 주저앉고는 바지 주머니에서 종이 한 장을 꺼냈다.

"뭐야?"

"영장 나왔어."

"뭐?"

희수는 한결이 쥐고 있던 종이를 빼앗았다. 소집통지서다. 장소는 논산 육군훈련소. 군대 입대일은 3월 20일이었다.

"왜 이제 말해?"

"나도 며칠 전에 알았어."

한결은 소집통지서를 바지 주머니에 구겨 넣었다. 은서도 당황스러웠다.

"연기하면 안 돼?"

"군대나 빨리 갔다 오려고."

은서는 더 이상 할 말이 없어서 희수의 얼굴만 멍하니 바라봤다. 희수는 한결이 군대에 간다는 생각은 전혀 못했다. 가끔 캠퍼스 내에서 군복을 입고 다니던 사람들을 본 적은 있었지만 모두 남의 일 같았고 남의 나라 이야기 같았다.

희수는 당황스러움을 넘어 화가 났다. 친구를 군대에 먼저 보낸다는 것이 어떤 것인지 알 수 없었다. 그냥 편하게 보내면 되는 건지, 같이 가야 하는 건지, 아니면 보내지 말아야 하는 건지 판단할 수 없었다.

한결이 군대에 입대하는 3월 20일까지는 2주가 남아 있었다. 희수는 마음이 급해졌다. 시간이 없었다. 은서도 마찬가지였다. 그래서 생각해 낸 것이 입영전야 파티였다. 규리도 함께 하기로 했다. 입대 사실을 나중에 알게 된 규리도 당황해 하는 표정이었다.

"갑자기 웬 군대야?"

"그렇게 됐어."

"하여튼 한결이는 못 말려."

"나라에서 부르는데 방법이 없잖아."

"그렇긴 하지만……."

"서두르자."

규리는 허탈한 얼굴로 입술을 삐죽 내밀었다.

희수는 파티 장소를 알아보기로 했다. 아무리 생각해도 장소가 가장 큰 문제였다. 기숙사 방 안에서는 음주와 단체모임이 금지되어 있었고, 동아리 룸들은 이미 일정들이 꽉 차 있었다. 그렇다고 밖에서 하는 것도 쉽지 않았다. 결국 비용의 문제였다. 은서와 규리는 술과 안주를 준비하기로 했다.

희수는 이스퀘어 식당에서 저녁을 먹고 있었다. 맞은편 식탁에 군인이 보였다. 여전히 한결의 파티 장소가 문제였는데 희수는 고민만 했을 뿐 마땅한 장소를 찾지 못했다. 선배들에게 부탁을 할까도 생각했지만 입에서 말이 떨어지질 않았다.

어느새 군대 입대일은 3일 앞으로 다가와 있었다. 희수는 벽에 걸린 달력을 멍하니 바라봤다.

"문 닫아야 합니다."

"죄송합니다."

"밥에 문제라도 있나요?"

"아니요. 장소를 생각하고 있었습니다."

하얀 가운을 입은 영양사는 이해할 수 없다는 표정을 지으며 희수와 벽에 걸려있는 달력을 번갈아 바라봤다.

"무슨 장소죠?"

"입영전야 파티를 해야 하는데 마땅한 장소가 없어서요."

영양사는 희수의 말이 무슨 뜻인지 알겠다는 표정을 지어보였다.

"여기서 하세요."

"정말요?"

희수는 처음 영양사의 말을 잘못 들은 건 아닌지 자신의 귀를 의심했다. 이스퀘어 식당이라면 파티를 하기에는 더 없이 안성맞춤이었다. 3층은 그룹스터디 모임을 하는 룸이 따로 있었다.

"고맙습니다."

영양사는 손사래를 쳤다. 자신의 동생도 얼마 전 군대에 갔는데 아쉽게 보낸 것이 늘 마음에 남아 있다고 했다. 희수는 생각지도 않은 곳에서 문제가 해결되어 마음이 가벼웠다.

세상에 죽으란 법은 없구나.

희수는 은서와 규리에게 문자를 보냈다.

<입영전야 파티 - 이스퀘어 3층 낙찰>

은서는 희수의 문자를 받고 안도의 한숨을 쉬었다. 시간만 낭비하다가 파티도 못해 주고 그냥 떠나보내는 건 아닌가 싶었다.

은서는 갑자기 원준의 얼굴이 떠올랐다. 희수와 원준이 화해할 수 있는 좋은 기회라고 생각했다.

"희수야. 원준이 하고 화해하자."

"누구 생각이야?"

"내 생각이야."

은서는 희수의 얼굴을 물끄러미 바라봤다.

"알았어."

"정말?"

희수는 은서의 기뻐하는 얼굴에서 마음을 읽을 수 있었다. 희수는 은서를 이해하고 싶을 뿐, 원준과 화해하는 것은 중요하지 않았다. 은서가 기뻐하고 좋아하면 그만이었다.

저녁 6시가 지나자 은서와 규리는 소주와 맥주, 통닭, 피자를 준비했다.

"원준이는?"

은서는 30분 전부터 시계만 쳐다보고 있었다. 입영전야 파티는 7시부터 하기로 했다. 영양사의 도움이 있었지만 9시까지만 사용할 수 있는 게 이곳의 규칙이었다. 시간이 많지 않았다. 은서는 초조하게 기다리다 밖으로 나가서 원준과 통화를 했다. 은서는 전화기를 바지 주머니에 집어넣으며 희수를 바라봤다.

"못 온대."

"왜?"

"내일 해외여행 간대."

"해외여행?"

"누군 팔자 좋다. 해외여행도 가고 부모 잘 만난 사람은 다르구나."

규리가 통닭을 펼쳐 놓으며 투덜댔다. 은서는 기분이 엉망이었다. 원준을 초대한 건 자신이었고, 원준은 오지 않았다. 희수가 반가워하지 않는다는 것을 알면서도 꺼낸 말이었다. 쥐구멍이라도 들어가고 싶었다.

"미안해."

"너 잘못 아니야."

벽에 걸린 시계가 7시 20분을 지나가고 있었다. 한결은 검은색 모자를 뒤집어쓰고 들어왔다. 모자를 벗자 머리가 밤송이처럼 깎여있었다. 규리는 한결의 머리를 연신 매만지며 웃었다. 은서는 웃음이 나와야 하는데 자꾸 목이 메어왔다. 내일이면 한결이 군대에 들어간다고 생각하니 생이별을 하는 것 같은 느낌이었다.

"언제 잘랐냐?"

"낮에."

"자! 지방방송은 꺼시고, 지금부터 한결의 입영전야 파티를 시작하겠습니다."

분위기 메이커인 규리가 선창을 했다. 규리는 소주와 맥주를 섞어서 한결의 잔에 가득 따랐다.

"고맙다. 친구들."

한결은 잔을 높이 들었다.

"자랑스러운 대한건아 한결이가 내일이면 군대를 갑니다. 우리의 젊음을 위하여 잔을 듭시다!"

규리는 일어나서 사진을 찍었다. 한결은 연거푸 술잔을 비웠다. 파티의 밤은 서서히 지고 있었다.

희수는 은서의 전화 소리에 눈을 떴다. 시간 약속이라면 칼 같은 희수도 늦잠을 잤다.

"한결아. 일어나."

희수는 한결을 흔들어 깨웠다. 한결은 겨우 일어나 화장실로 급히 들어갔다. 군대를 가는 건 한결이었지만 희수도 덩달아 마음이 급했다.

그들은 수원터미널에서 논산으로 향하는 버스에 올라탔다. 대략 3시간이 걸릴 것 같았다. 희수와 한결은 앉자마자 잠에 곯아떨어졌고, 은서는 차창 밖으로 지나가는 풍경들을 보고 있었다.

은서는 처음 가 보는 육군훈련소가 낯설게만 느껴졌다. 하지만 친구를 떠나보내야 한다는 현실은 더욱 실감나지 않았다.

버스는 9시 40분에 논산터미널에 도착했다. 은서는 희수와 한결을 깨우고 자리에서 일어났다.

논산터미널 택시정류장 앞에는 육군훈련소로 향하는 택시들이 즐비하게 서 있었다. 은서는 발걸음을 재촉했다. 입소식은 10시 30분에 시작이었다. 은서는 빨리 가서 한결에게 따뜻한 아침밥을 먹여주고 싶었다.

"빨리 가자."

"은서야. 시간 많아."

"아침 먹어야지."

은서는 군대에 아들을 떠나보내는 어머니처럼 초조했다. 육군훈련소 앞에는 많은 사람들로 북적거렸다. 은서는 '북촌'이라고 하는 식당으로 들어갔다. 빈자리를 찾아볼 수가 없었다. 그들은 가장 빨리 나올 수 있는 음식을 찾다가 결국 해장국을 시켰다.

"많이 먹어."

은서는 숟가락을 한결의 손에 쥐어주었다. 은서의 목소리가 가늘게 떨렸다. 희수는 은서에게서 모성애를 보았다. 여자들만이 가지고 있는 본능. 희수는 은서의 얼굴을 바라보며 어머니를 떠올렸다.

"한결이 엄마 같다."

희수가 무심코 던진 말에 은서와 한결은 쓴웃음을 지었다. 식당 안은 모두 똑같은 풍경이었다. 어머니 또는 애인으로 보이는 여자들이 애를 태우고 있었다. 한결은 해장국을 정신없이 먹었다. 은서는 해장국을 먹는 한결의 얼굴만 바라봤다.

식당 안에 있던 사람들이 자리에서 일어나기 시작했다. 입소식 15분 전이었다. 은서는 한결과 손을 잡고 훈련소 정문을 향해 나란히 걸었다. 많은 사람들이 연병장을 향해서 걸었고, 여기저기서 사진들을 찍고 있었다. 은서는 연병장 옆 성당 앞에서 걸음을 멈추었다.

"사진 찍자."

은서는 희수와 한결이 어깨동무 하는 모습을 찍었다. 성당과 연병장을 배경으로도 찍었다. 전화기에 찍힌 두 사람의 모습이 형제처럼 보였다. 한결의 트레이드마크인 덧니가 유난히 반짝거렸다. 주위에는 여전히 많은 사람들이 사진을 찍고 있었다. 입대하는 날을 영원히 간직하고 싶어 하는 사람들은 슬퍼 보이지 않았다. 멀리서 보면 마치 1970년대 월남전 파병을 가는 군인들처럼 보였다. 시간이 많지 않았다.

오전 10시 30분. 연병장에는 많은 사람들이 줄을 지어 서 있었고, 가족들과 친구, 애인들은 희미한 눈빛으로 그들을 지켜보고 있었다.

은서는 멀리 커다란 간판 3개를 바라봤다.

<부모형제, 너를 믿고 단잠을 이룬다. 전투형 강군의 초석! 정예 신병 육성. 조국 대한민국, 내가 지키겠습니다>

은서가 간판에서 눈을 돌릴 때, 스피커에서 남자 목소리가 들려왔다.

"오늘 입소를 하는 장병들은 연병장으로 모두 모여주시기 바랍니다. 다시 한 번 말씀드리겠습니다. 오늘 입소를 하는 장병들은 연병장으로 한 사람도 빠짐없이 모두 모여주시기 바랍니다."

스피커에서 나오는 목소리가 거칠게 들려왔다. 다시는 듣고 싶지 않은 목소리였다. 스피커에서는 남자의 목소리가 계속 나오고 있었다. 가족들과 친구, 애인들과 함께 있었던 사람들이 서둘러 작별인사를 하고 연병장으로 내려가기 시작했다.

한결은 모자를 벗고 희수와 부둥켜안았다. 은서와도 포옹을 했다.

"간다."

한결은 뒤도 돌아보지 않고 계단을 내려가서 뛰기 시작했다. 연병장은 입대하는 사람들로 꽉 차 있었다. 은서는 한결의 모습을 눈으로 쫓았지만 찾을 수 없었다. 거친 목소리의 남자는 다시 안내방송을 시작했다.

"오늘 입소를 하는 장병들은 연병장으로 모두 모여주시기 바랍니다. 다시 한 번 말씀드리겠습니다. 오늘 입소를 하는 장병들은 연병장으로 한 사람도 빠짐없이 모두 모여주시기 바랍니다."

은서가 한결의 모습을 다시 찾고 있을 때, 군악대 연주가 시작되었다. 장병들은 경례 연습을 몇 차례나 했다. 그리고 연대장이란 사람이 등장하면서 식순에 따라 입소식이 시작되었다. 연대장은 가족들과 애인, 친구들에게 5주간 기초 군사훈련을 마치면 늠름한 대한민국의 자랑스러운 군인이 될 거라고 장담했다. 연대장은 자신을 믿고 따라와 달라고 했다.

입소식이 끝나자 입소자들은 4열종대로 운동장을 한 바퀴 돌며

걷기 시작했다. 마지막으로 가족들과 친구, 애인에게 인사를 했다

은서는 한결의 모습을 찾으려고 연병장 아래까지 내려갔다. 하지만 한결의 모습은 보이지 않았다. 마지막 열이 모두 지나가고 입소자들은 가족들과 애인, 친구들의 눈에서 더 이상 보이지 않았다.

희수는 연병장 아래로 내려갔다. 은서의 눈이 붉어져 있었다.

"한결이 봤어?"

"아니."

"잘 들어갔겠지?"

"걱정 마. 박한결이 누구냐."

"우리나라 남자들은 왜 모두 군대에 가야 돼?"

은서는 아무도 없는 운동장을 묵묵히 바라봤다. 희수는 갑작스런 은서의 질문에 아무런 대답도 하지 못했다. 적당한 말이 생각나지 않았다. 갑자기 주위에서 울음 섞인 목소리가 들려왔다.

희수와 은서는 정문을 향해 천천히 걸었다. 멀리 논산 연무읍 들판이 한눈에 들어왔다. 은서는 힘에 겨운 눈으로 희수를 바라봤다.

"쉬었다 가자."

은서는 들판이 내려다보이는 벤치에 앉았다. 은서는 청량한 햇볕이 내리쬐는 들판을 보며 한동안 눈을 떼지 못했다.

"커피 마시고 싶어."

"알았어."

희수는 다시 성당 쪽으로 걸어갔다. 아까 정문으로 들어올 때 성당 앞에서 커피를 나눠주는 사람들이 생각났기 때문이었다. 은서는

여전히 들판만 바라봤다.

"커피 마셔."

"고마워."

"무슨 생각을 그렇게 해?"

"아니야."

은서는 커피를 한 모금 마시고 나서 말했다.

"한결이가 아직 옆에 있는 것 같아."

은서는 커피를 다시 마시더니 격앙된 어조로 말했다.

"우리나라는 나빠."

"뭐가?"

"왜 남자들을 모두 군대에 보내니? 남자지만 아직 애들이잖아. 안 그래?"

은서는 종이컵을 꾹꾹 눌러 납작하게 만들었다. 한결이 군대에 들어간 것이 아직도 믿기지 않은 모양이었다. 희수는 그런 은서의 손을 잡고 정문으로 향했다.

희수는 돌아오는 버스 안이 공허하게 느껴졌다. 예쁘게 키우던 애완견을 버리고 온 것 같기도 하고, 물가에 어린애를 놔두고 온 것 같기도 했다.

"잘 하겠지?"

희수는 일부러 미소를 지어보였다. 말하기 싫어서가 아니라 은서가 좋아할 적당한 대답이 떠오르지 않아서였다.

희수는 두 눈이 무거웠다. 피곤이 파도처럼 몰려왔다. 버스는 안

성휴게소를 지나치고 있었다.

"나한테 할 말 있지?"

은서는 희수의 갑작스런 질문에 멈칫했다. 은서는 두 눈을 감고 있는 희수의 옆모습을 물끄러미 바라봤다.

"희수야."

"편하게 말해."

"원준이하고 화해하면 안 돼?"

희수는 은서에게 고개를 돌렸다. 은서와 눈이 마주쳤다. 희수는 지금이라도 말하고 싶었다.

은서야. 네 눈이 어머니랑 너무 닮았어.

희수는 다시 눈을 감으며 은서에게 나지막하게 말했다.

"화해할게."

희수는 2학년이 되자 확연히 달라진 점이 있다고 생각했다. 전공 과목이 많아졌다는 점인데 리포트 양도 그만큼 많아졌다. 희수는 도서관에 가는 날들이 많아지기 시작했다. 그럼에도 편의점 아르바이트를 게을리 할 수는 없었다. 그래서 아르바이트를 하면서도 책을 놓을 수가 없었고, 그건 은서도 마찬가지였다.

아침부터 봄비가 축축이 내리고 있었다. 희수는 어제도 밤 12시까지 일을 끝내고 들어와 침대에 몸을 맡긴 채 곯아떨어졌다. 꿈속에서 한결을 보았던 것 같았다.

희수는 늦잠을 잤다. 강의가 오후에 있어서 괜찮은 날이었다. 시계는 오전 8시 50분을 가리키고 있었고 창문에는 비가 촉촉이 부딪치고 있었다.

한결이 떠난 옆자리 침대는 아직 주인이 없었다. 꿈속에서 보았던 얼굴이 다시 떠올랐다. 늘 옆에서 코를 골던 모습이 생생하게 보였다. 군복을 입고 어정쩡하게 서 있을 모습을 생각하니 쓴웃음이 나왔다. 고개를 돌려 침대와 책상을 보았다. 조그마한 바람이 휑하니 스쳐 지나갔다.

은서도 학업과 아르바이트로 정신없는 날들을 보내고 있었다. 가끔 희수와 마주친 적이 있었으나 서로가 시간이 없어 많은 이야기는 할 수가 없었다.

한결이 없어진 희수는 늘 혼자 다녔다. 은서는 가끔 그 모습이 이해가 안 될 때가 있었다. 희수가 친구들과 어울리지 않는 것이 이상했다. 어울릴 생각조차 안 하는 것 같았다. 원준 역시 혼자 다녔다. 자신의 하얀색 아우디를 타고 통학을 했고 강의가 끝나면 금세 사라졌다.

은서는 3교시 강의가 끝나고 종합강의동을 나왔다. 주차장을 지나 감성코어 방향으로 걸어갔다. 주차장 끝으로 눈에 익은 하얀색 아우디가 보였다.

"노은서."

원준은 차문을 빼꼼이 열고는 손짓했다.

"강의 끝났어?"

"왜?"

"빨랑 타."

은서는 얼떨결에 원준 차에 탔다.

원준은 후문을 나와 동수원IC 빠져나갔다.

"어디 가?"

"뮤지컬 보러 가자."

"나 알바 가야 돼."

"그딴 것 뭐 하러 하냐. 내가 알바비 줄게."

은서는 원준의 일방적인 행동과 말투에 화가 났다. 하지만 이미 차는 서울로 향하고 있었다.

은서는 원준을 곁눈질로 바라보며 생각했다. 뮤지컬을 보러 같이 갈 사람이 없는 건지, 아니면 처음부터 같이 가려고 했던 건지는 모르지만 별로 중요하지 않다는 생각이 들었다.

원준은 천천히 차를 몰아 예술의전당 지하로 들어갔다. 1층에는 많은 사람들로 북적거렸다. 로비를 지나치자 <맘마미아>라고 쓰인 대형현수막이 걸려있었다.

은서는 뮤지컬을 보는 동안에도 가끔 원준의 얼굴을 훔쳐봤다. 부유한 가정, 부모들의 사회적 지위, 외아들, 외모 부족한 것이 없는 원준이었다. 흠이 있다면 성격이었다. 하지만 욕심이 났다. 처음부터 욕심이 났는지도 모른다. 원준을 가진다면 가난에서도 벗어나고 행복한 미래가 보장될 것 같았다.

은서는 뮤지컬을 보는 원준이 행복해 보였다. 적어도 은서 눈에는 그렇게 보였다. 흥겨운 음악과 함께 2시간 30분이 지나 뮤지컬이 끝났다. 원준은 근처에 잘 아는 맛집이 있다며 은서를 데리고 갔다. 그

곳은 '이딸라시안'이라고 쓰인 간판이 걸려있었다. 조용한 카페 같기도 하고 뷔페식 식당 같기도 했다.

원준은 송아지고기와 샐러드를 시켰다. 이곳은 서울 강남에서도 유명한 이탈리아 전문 식당이었다. 원준은 송아지고기를 먹기 좋게 썰어서 은서 앞에 놓았다.

"어때?"

"맛있어."

"이런 곳 처음이지?"

은서는 송아지고기도 처음이지만, 이탈리아 전문 식당이라는 말이 더욱 매력적으로 다가왔다.

"자주 와?"

"아빠, 엄마와 가끔."

원준은 와인 잔을 식탁 위에 내려놓으며 은서를 바라봤다.

"요즘도 희수하고 같이 다녀?"

"왜?"

"아니 그냥."

"요즘 바빠서 잘 못 봐."

은서는 원준의 질문이 무엇을 말하려 하는지 이해하지 못했다. 원준은 송아지고기를 우물우물 씹으며 말했다.

"앞으로 희수 만나지 마."

"무슨 소리야?"

"나하고 사귀자."

"뭐? 희수는 친구야."

"남자와 여자 사이에 친구가 어디 있냐. 애인이지."

은서는 고기를 맛있게 썹고 있는 원준의 얼굴을 물끄러미 바라봤다. 원준은 마냥 싱글벙글이다. 희수를 만나지 말라는 소리와 자신과 사귀자는 원준의 목소리가 귓가에서 떠나질 않았다.

은서는 목이 메어왔다. 원준은 고기를 맛있게 먹고 있었지만, 은서는 고무를 썹고 있는 느낌이었다. 은서는 희수와 원준을 어떻게든 화해시키고 싶었다. 그러나 이제는 너무 멀리 와 버렸다는 생각이 들었다. 모두 부질없는 짓 같았다. 원준이 나이프를 내려놓으며 말했다.

"무슨 생각해?"

"아니야 아무것도."

원준은 창밖을 바라보다 피식 소리를 내며 웃었다.

"생일날 진 빚은 언젠가는 갚아 줄 거야."

은서는 잡고 있던 나이프를 놓칠 뻔 했다. 은서도 창밖을 바라봤다.

희수는 내 친구야. 하지만 솔직히 원준이 네가 필요해.

# 벚꽃이 피면 광교산에 가야 한다

　토요일. 희수는 빨래방으로 내려갔다. 남학생 1명이 가방에서 빨래를 꺼내고 있었다. 희수는 빨래가 돌아가는 세탁기 소리가 음악 소리처럼 들려왔다. 눈을 감고 소리를 듣고 있을 때 은서에게서 전화가 왔다.

　"뭐해?"

　"빨래방."

　전화기 멀리서 들려오는 은서 목소리는 들떠 보인다.

　"광교산 가자."

　"산?"

　희수는 빨리 대답하지 못했다. 은서가 갑자기 산엘 가자고 하니 당황스러웠다. 희수는 똥마려운 강아지처럼 머뭇거리며 전화기만 만지작거리고 있는 사이 전화는 끊기고 문자가 왔다.

&lt;휴게실에서 1시&gt;

희수는 빨래를 챙겨 올라와 대충 널고는 창문을 활짝 열었다. 멀리 광교산 봉우리들을 바라봤다. 가끔 한결과 광교산 입구 농원에 막걸리를 마시러 간 적은 있어도 산을 올라간 적은 한 번도 없었다.

광교산 때문인지 주말이면 캠퍼스 안은 등산객 반, 학생들 반이었다. 가끔은 등산객들이 모여 술을 마시는 모습도 심심치 않게 볼 수 있었다. 월요일이면 막걸리 통과 과자봉지와 쓰레기들이 넘쳐났다.

희수와 은서는 기숙사를 나와 정문으로 걸어갔다. 법과대학인 덕문관을 지나 중앙도서관 앞을 지나갔다. 강당 근처에 도착하자 등산객들이 보이기 시작했다. 은서는 학생회관 편의점으로 발걸음을 돌렸다. 초콜릿 2개, 물 2통, 꼬깔콘 2개. 모두 2개씩이었다.

"이거 사야 돼?"

"어."

은서는 먹을거리들을 배낭에 쑤셔 넣고서는 희수에게 주었다. 희수는 어이없다는 표정을 지으며 쓴웃음을 지었다. 은서는 바지, 잠바, 모자, 신발까지 등산 복장을 하고 있었다.

"전문 산악인 같다."

"그래?"

은서는 희수 손을 잡고 정문을 지나 내리막길로 내려갔다. 맞은편에서 올라오는 사람들이 보이고, 머리 위로 많은 현수막이 걸려있었다. 입학하던 날 이곳으로 올라왔던 기억이 생각났다. '양평해장국집'을 지나 말로만 듣던 '반딧불이 화장실'이 보인다. 화장실이기는

141

하지만 이곳은 등산객들이 산을 오르기 전에 반드시 쉬었다 가는 곳
이라고 했다. 만남의 장소이기도 했다.

화장실 옆에는 커피, 음료수, 등산스틱, 수건, 물을 파는 간이편의
점도 있다. 사람들은 누군가를 기다리며 커피나 술을 마시고 신발
끈을 다시 매거나 전화를 하기도 했다. 은서는 등산코스 표지판을
바라봤다.

"A코스로 가 보자."

은서는 다시 희수의 손을 잡고 화장실 옆 계단 입구로 걸어갔다.
등반이 시작되었다.

난 오늘 죽었다.

은서는 희수의 손을 앙칼지게 끌어올렸다.

"뭐해?"

희수는 은서의 손에 붙잡혀 계단을 올라갔다. 적어도 100계단은
올라간 느낌이다. 시작부터 숨이 턱밑까지 차올랐다. 숨을 고르는
사이 삼거리가 나왔다. 오른쪽은 경한대학교, 왼쪽은 형제봉. 희수는
은서와 나란히 걷기 시작했다. 계절의 여왕 5월은 이름처럼 푸르고
화창했다. 10분쯤 걷다보니 철조망이 나타났다. 철조망들은 하얀 페
인트로 칠해져 있었다.

"이게 뭐야?"

"글쎄."

"철책선도 아니고……."

희수는 철조망 안쪽으로 깨어진 조각상들과 그릇들을 바라봤다.

조각상들은 비너스 같기도 하고, 생각하는 사람 같기도 했다. 대부분 머리가 없거나 팔 한쪽이 없었다.

"미술대학?"

"맞다."

은서는 광교산과 대학건물이 가까이 붙어 있다는 사실이 신기하기만 했다.

1시간 정도 걸었을까, 조그마한 가게가 보였다. 가게라기보다 포장마차에 가까웠다. 간이 탁자 주변에는 몇몇 사람들이 막걸리와 파전, 도토리묵을 시켜 술파티를 즐기고 있었다.

"한잔 할까?"

희수는 자리에 앉았다. 얼마 걷지도 않은 것 같은데 허벅지가 아려왔다. 은서도 다리가 아픈지 연신 다리를 주무르고 있었다.

"괜찮아?"

은서는 오른손으로 V자를 그려 보이며 웃었고, 희수는 은서의 다리를 주물렀다.

"산에는 왜 오자고 했어?"

"그냥."

"싱겁긴."

은서는 희수가 따라 준 막걸리를 한 모금 마셨다. 생각보다 시원했다. 사람들이 왜 산에 오는지 알 것 같았다.

"시원하다."

"이런 맛에 산에 오는 건가?"

희수는 은서 손을 잡고 다시 걷기 시작했다. 형제봉이 100M 앞에 있었다. 형제봉 주변에는 많은 사람들이 사진을 찍느라 분주했다. 길게 늘어진 밧줄을 타고 암벽 위를 올라가 드넓게 펼쳐진 산 아래 풍경들을 감상하고 있었다. 캠퍼스 전체가 한눈에 들어왔다.

"예쁘다!"

은서는 황홀한 표정을 지으며 캠퍼스를 바라봤다. 지나가는 학생들이 하나의 점처럼 보인다.

"무슨 생각해?"

"우리도 저기서 살고 있잖아."

"개미처럼 보이지?"

은서는 희수가 어린아이처럼 귀여워 보였다. 목이 터져라 크게 한 번 외쳐보고 싶었지만 주위에 사람들이 많다 보니 입이 떨어지질 않는다.

은서는 희수와 나란히 바위에 앉았다. 캠퍼스 안을 돌아다닐 때는 보이지 않던 풍경들이 한눈에 들어왔다. 여기저기 피어있는 벚꽃들이 분홍색으로 뭉쳐져 있는 솜처럼 보이기도 했고, 팝콘처럼 보이기도 했다. 아파트 단지들은 도미노 상자처럼 보이고, 주차장에 서 있는 차들은 장난감 같았다. 은서는 걸리버 여행기에 나오는 거인이 된 것 같은 착각에 빠졌다.

희수와 은서는 형제봉에서 내려와 좁은 숲길을 걸어갔다. 내리막 계단이 펼쳐졌다. 계단 숫자가 얼마나 되는지 알 수 없었다.

"조심해!"

희수는 앞서 내려가며 은서의 손을 잡았다. 30분 정도를 내려오자 산행을 시작하는 표지판이 보이기 시작했다. 화장실도 있었다.

"힘들지?"

"남자라 다르네."

희수는 잊고 있었던 물이 생각났다. 배낭에서 물과 초콜릿을 꺼내서 벤치에 앉았다. 은서는 물을 마시더니 하품을 했다.

"졸려."

"여기서 자면 안 돼."

은서는 빙그레 웃더니 희수 다리를 베고 누워버렸다.

"30분만 누워 있을게."

희수는 누워 있는 은서를 내려다보며 왼손으로는 머리카락을 빗겨주었고, 오른손으로는 은서의 손을 잡았다. 은서도 희수 손을 꼭 쥐었다. 따뜻했다. 산에서 내려오는 바람에 은서의 머리카락이 나뭇잎처럼 나부꼈다.

"시원해."

은서는 눈을 감은 채 시원하다는 말을 계속했다.

"나 잠들면 업고 가. 알았지?"

"걱정 마."

희수는 눈을 감고 있는 은서를 바라보며 처음으로 사랑이라는 단어를 떠올렸다.

사랑, 친구, 애인…… 아니야. 은서는 친구야.

희수도 눈을 감고 바람 소리를 들었다. 나무들끼리 이야기하고 있었다.

휘이익.

바람 소리는 귓가에서 머물다 하늘 위로 올라갔다. 바람 소리가 귓가에서 떠날 때, 노랫소리가 들려왔다. 처음에는 작게 들려오다가 점점 커졌다. 그리고는 다시 작아졌다. 노랫소리는 계속해서 반복되었다.

'봄바람 휘날리며 흩날리는 벚꽃 잎이 울려 퍼질 이 거리를 우우 둘이 걸어요 그대여 그대여 그대여 그대여 그대여'

"좋다."

은서는 눈을 감은 채 바람 소리와 노랫소리를 들었다. 희수는 눈을 뜨고는 소리가 나는 곳으로 귀를 쫓았다. 나무 위에 스피커가 보였다.

30분이 지나자 은서가 일어났다. 정면으로 보이는 계단에서 사람들이 내려오고 있었다. 은서는 운동화 끈을 다시 매고는 하늘을 향해 또 다시 하품을 했다.

"배고파."

"가자."

희수는 은서의 손을 꼭 잡고 걸었다. 광교호수라고 쓰인 표지판을 지나자 농원들이 하나둘씩 보이기 시작했다. 농원 입구에서부터 사람들로 북적거렸다.

'형제농원', '포도농원', '광교농원'이라고 쓰인 간판들이 줄지어 있었다. 그 중에서 특이하게 굴뚝에서 연기가 나는 농원이 있었는데

'광동농원'이었다.

"들어가자."

광동농원 안에는 사람들이 옹기종기 모여 막걸리를 마시며 이야기를 하고 있었다. 희수와 은서는 안쪽 구석에 앉았다.

"뭐 먹고 싶어?"

은서는 메뉴판을 보다가, 바비큐를 굽고 있는 외국인을 바라봤다.

"바비큐."

희수는 갑자기 웃음이 터져 나왔다.

"왜 웃어?"

"아니야."

은서의 발음은 웃음이 나올 정도로 너무나 정확했다.

손에 면장갑을 낀 아주머니가 묵은지와 손두부를 가지고 왔다. 희수는 바비큐와 막걸리를 시켰다. 은서는 땀투성이인 외국인 종업원을 다시 바라보며 중얼거렸다.

"불쌍해."

희수와 은서가 바비큐를 안주 삼아 막걸리를 마시고 있는 사이, 농원 안은 빈자리가 없을 만큼 등산객들로 붐비고 있었다.

희수와 은서는 농원을 나왔다. 이미 밖은 어두워져 있었고, 농원에서 내뿜는 불빛만이 초롱초롱하게 빛나고 있었다. 취기가 올라왔다. 갑작스런 산행 때문인지 다리도 후들거렸다.

은서는 희수의 팔을 꼭 붙잡았다. 호수공원길은 대학 정문까지 길게 늘어져 있다. 상점들이 켜 놓은 불들이 오아시스처럼 보인다. 녹차 잎처럼 생긴 호수에서는 조그마한 바람이 불어오고 있었고, 물오리들은 어디론가 바삐 헤엄쳐 가고 있었다. 길게 늘어선 호수공원길은 5월이라는 계절에 걸맞게 벚꽃들로 가득 차 있었다.

"산에 잘 왔지?"

"……."

"왜 말이 없어?"

"좋았어."

"그치?"

은서는 희수의 팔에 기대어 걸었다. 처음 출발했던 반딧불이 화장실이 점점 가까워지고 있었다.

"다리 아파."

"정말?"

희수는 은서를 등에 업었다. 은서는 희수의 등에 얼굴을 묻은 채 두 손으로 희수의 목을 꼭 안았다.

은서는 행복했다. 이대로 시간이 멈추었으면 좋겠다고 생각했다. 반딧불이 화장실을 지나자 호숫가 끝 쪽으로 하늘색 벤치가 보였다.

"이제 좀 괜찮아?"

"어."

은서는 밤하늘을 바라보다 희수에게 말했다.

"별이다."

희수도 밤하늘을 바라봤다.

"오늘따라 많다."

은서는 희수 어깨에 기대어 손가락으로 별들을 하나씩 찍어가며 세고 있었다.

"별들이 춤추고 있는 것 같아."

희수는 다시 별들을 바라봤다. 은서 말대로 별들이 춤을 추고 있는 것 같았다. 별들은 모두 황금빛을 띠고 있었고, 반짝이는 무늬가 서로 다르게 보였다. 별들은 작아졌다 커졌다를 반복하며 춤을 추고 있었고, 벚꽃들은 폭죽처럼 소리 내어 터지고 있었다.

# 낡은 탁자를 사이에 두고

희수는 아르바이트를 끝내고 기숙사로 향했다. 우편함에 봉투가 꽂혀있었다. 한결의 편지다. 희수는 방에 들어와 편지를 뜯었다.

To. 희수

희수야. 잘 지내냐? 난 몸 건강히 잘 있다. 얼마 전에는 5주간 기초 군사훈련도 끝나고 강원도 화천에 있는 6사단이라는 곳에 자대 배치를 받았다. 계급은 당연히 이등병이고, 은서도 잘 있지? 보고 싶다. 너희들이 보고 싶어서 가끔 운 적도 있었다. 하하하…… 하지만 이제는 울지 않을 거다. 이젠 나도 어엿한 대한민국 군인 아니냐. 이곳에 왔을 때는 적응이 안 되어서 힘들었어. 난 이곳 중대본부에서 통신병으로 보직을 받았다. 말이 통신병이지 매일 하는 일이라고는 무전기 닦는 일이 전부다. 벌써부터 모두가 그립다. 너와 같이 쓰던

방하고, 침대가 그립다. 혹시 룸메이트 새로 왔냐? 그 친구보고 깨끗하게 사용하라고 해라. 제대하면 내가 그 침대 쓸 거라고. 그럼 나중에 또 편지할게. 보고 싶다.

From. 한결

희수는 마음이 먹먹했다. 한결이 엉뚱한 구석이 있기는 했지만 눈물을 흘릴 정도로 정신력이 약하지 않을 거라고 굳게 믿고 있었다.

"통신병이면 힘든 거야?"

"잘 모르겠어."

희수는 면회를 빨리 가야겠다고 생각했다. 편지 속 글자들이 머릿속에서 빙빙 돌고 있었다.

"면회 가야겠어."

"언제?"

"이번 주 토요일이 어떨까?"

은서는 대답하지 못했다. 토요일은 원준과 약속이 있었다.

"생각해 보고."

"요즘 바쁘구나? 나 혼자 갔다 올게."

희수는 방으로 돌아와 침대에 누웠다. 은서에게 면회를 가자고 했을 때, 머뭇거렸던 은서의 얼굴이 떠올랐다. 두 가지 중 하나라고 생각했다. 하나는 약속이 있거나, 또 하나는…… 며칠 전, 규리가 했던 말이 생각났다.

"이야기 들었어?"

151

"뭘?"

"은서하고 원준이 캠퍼스 커플이란 소문."

규리는 팔짱을 끼고는 눈만 껌벅거렸다. 희수는 놀라지 않았다. 언젠가는 닥쳐올 현실이라고 생각했다. 규리는 희수가 아무 반응이 없자 실망한 표정이다.

"또 있어?"

규리는 머뭇거렸다.

"뭐야."

"안 좋은 소문이야. 원준이 부자라서 은서가 꼬신 거라는……."

희수는 규리의 두 번째 이야기에 뒤통수를 얻어맞은 기분이었다. 규리는 걱정스러운 얼굴로 감성코어 건물을 향해 걸어갔다. 희수는 아무리 소문이라고 하지만 화가 치밀어 올랐다. 솔직히 원준에게 화가 났다. 손이 가늘게 떨려왔다. 소문이라고 하는 것은 본인들만 모르는 특징이 있는데 이미 그것을 알아차렸을 때는 걷잡을 수 없는 현실로 다가와 있기 마련인 것이다.

희수는 그 소문이 은서의 귀에 들어갈까 두려웠다. 어쩌면 이미 알고 있을지도 모르지만, 먼저 이야기 할 일은 아니라고 생각했다. 시간이 필요하다고 생각했다.

희수는 아침에 전화기에 찍힌 문자를 확인했다. 새벽 2시 18분이었다.

<같이 가>

은서는 원준과 토요일 잠실야구장에 가기로 한 약속을 취소했다.

"정말 못 가?"

"어."

"왜?"

"부산에서 언니가 올라 와."

은서는 전화기를 껐다. 원준이 계속해서 전화를 할 것 같았다. 할 말이 남았지만 귀찮았다. 원준은 순진한 면이 있었고 외동아들로 커서 그런지 집요했다. 원준은 은서가 어떤 말을 하든 모두 믿었다. 은서는 원준에게 거짓말을 하고 싶지는 않았지만 경우에 따라서는 그렇게 하는 것이 시간을 절약시켜 주었다. 그게 전부였다.

희수는 서둘렀다. 한결이 있는 부대는 강원도 화천군 사창리였다. 외박을 나오려면 면회는 오전에 가야 한다고 했던 선배의 말이 생각났다. 늦을 경우 외박이 안 된다고 했으니 늦어도 점심시간 전에는 도착해야 했다.

은서는 휴게실에서 커피를 마시며 희수를 기다렸다. 밖의 날씨는 더 없이 화창했다.

"가자."

수원터미널은 아침부터 사람들로 복적거렸다. 희수와 은서는 춘천행 버스에 올라탔다. 버스는 외곽순환도로를 지나 서울춘천행 고속도로를 달리기 시작했다.

"배고프지?"

은서는 가방에서 초콜릿을 꺼냈다.

희수는 규리가 말했던 은서에 대한 소문이 떠올랐다.

"오늘 약속 있었어?"

"아니."

희수는 차창 밖을 바라보고 있는 은서의 옆모습을 물끄러미 바라봤다. 며칠 사이 얼굴이 수척해져 있었다. 갑자기 소문을 만들어 낸 사람들이 누굴까 생각했다. 원준이 생각났다. 지금이라도 만나서 따지고 싶었다. 생일날처럼 주먹을 날리고 싶었다.

은서야. 걱정 마.

버스는 가평휴게소로 들어갔다. 버스 안에 있던 사람들이 하나둘씩 내렸다.

"잠이 와."

은서는 희수 어깨에 얼굴을 묻은 채 잠을 청했다. 춘천까지 가려면 아직도 1시간은 가야 했다.

희수는 광교산에 갔을 때가 생각났다. 그때도 은서는 희수의 어깨에 기대어 잠을 잤다. 버스는 10시 50분에 춘천터미널에 도착했다.

"잘 잤어?"

은서는 미안한 표정을 지으며 빙그레 웃었다.

희수와 은서는 11시에 출발하는 강원도 화천군 사창리행 버스에 올라탔다. 토요일이라 버스 안은 많은 사람들로 붐볐다. 비좁고 가파른 국도를 40분 정도 달려야 도착한다고 했다.

희수는 스쳐 지나가는 풍경들이 신기하기만 하다. 보이는 것은 산과 논, 개천과 부대 건물뿐이었다. 은서도 신기하기는 마찬가지다. 한결이 있는 부대는 보이지 않고, 비슷한 건물들만 스쳐 지나갔다.

버스기사 말대로 출발한 지 40분이 되어서야 한결이 있는 부대 앞에 도착했다. 부대 앞에는 2명의 군인이 총을 들고 이순신 장군 동상처럼 서 있다. 위병소 앞에는 면회를 온 가족들과 친구, 애인들로 북적거리고 있었다.

은서는 사람들을 따라 위병소 옆 면회실로 들어갔고 희수는 면회 신청을 하러 위병소 안으로 들어갔다. 희수는 신분증을 보여주고 면회를 신청했다. 유난히 코가 큰 군인은 면회를 신청한 사람들에게 기다리라는 말만 남기고는 밖으로 나갔다. 10분 정도가 지나자 한 군인이 면회실 안으로 들어왔다. 그리고 큰 소리로 벽에다 대고 경례를 했다.

"필승!"

면회실 안에 있던 사람들은 모두 깜짝 놀랐다. 그 군인 가족들은 놀라움과 반가움에 일어나 손을 맞잡고는 이내 밖으로 나갔다. 5분 정도가 지나자 또 다른 군인이 들어왔다. 처음 보았던 군인처럼 경례는 하지 않고 무덤덤하게 들어와 주위를 기웃거렸다. 계급이 높은 선임인 것 같았다. 구석에 앉아 있던 이십대로 보이는 여자가 환하게 웃으며 일어났다. 군인들은 계속해서 들어왔고 기다리던 가족들과 친구, 애인들과 함께 반가운 표정으로 밖으로 나갔다.

희수와 은서가 면회실에 들어온 지도 30분이 넘어가고 있었다. 면회실에는 희수와 은서만 남아 있다. 희수는 초조해지기 시작했다. 창문 밖으로 연병장이 보인다. 점심시간이었다. 군인들이 짝을 지어 걸어가는 모습들이 보인다.

"왜 안 오지?"

희수와 은서는 다시 위병소로 들어갔다. 처음 보았던 코가 큰 군인은 보이질 않고 키 큰 군인과 키 작은 군인이 이야기를 주고받고 있었다.

"더 기다려야 하나요?"

키 작은 군인이 희수와 은서를 번갈아 보다가 의자에서 일어서며 말했다.

"아직 못 만나셨습니까?"

"아직……."

"이름이?"

"박한결입니다.

키가 작은 군인이 키 큰 군인에게 말했다.

"확인해 봐."

키 큰 군인이 전화기를 들었다. 은서는 불안했다. 산골짜기 강원도까지 와서 한결을 못 만나면 어떻게 해야 할지 난감했다. 전화기를 내려놓은 군인이 희수와 은서를 번갈아 보며 말했다.

"내무반에는 전달했습니다."

은서는 두 손을 입으로 가져갔다. 눈물이 나올 것 같았다.

"여기 맞아?"

"편지봉투에 적혀있는 주소가 맞는데……."

희수는 바지 주머니에서 한결의 편지봉투를 다시 꺼내어 키 큰 군인에게 주었다. 군인은 편지봉투를 꼼꼼히 보았다.

"여기가 아닙니다."

"네?"

희수는 눈앞이 캄캄했다. 분명 춘천에서 출발할 때 버스기사에게 여러 차례 확인을 한 주소지다. 은서는 벌써 눈 주위가 벌겋게 달아올랐다. 벽에 걸려있는 시계는 1시를 향해 가고 있다.

키 큰 군인이 키 작은 군인에게 편지봉투를 주었다. 키가 작은 군인은 전화기를 들고는 목소리를 높였다.

"통신보안."

"박한결 이병 맞습니다."

한참을 떠들던 키 작은 군인이 뒤돌아서며 희수를 바라봤다.

"주소는 여기가 맞습니다. 그런데 박한결 이병은 헌병대에 있습니다."

"헌병대요?"

"네. 곧 올 겁니다. 앉아서 잠시 기다리시면 됩니다."

희수는 막혔던 숨통이 뚫리는 것 같았다. 다리까지 후들거렸다. 손에는 땀이 배어 나왔다. 희수는 벽에 걸려 있는 시계를 다시 바라봤다. 1시 20분을 지나가고 있다. 한결을 기다리는 시간이 더디게 느껴진다. 은서도 초조함을 이길 수 없는지 희수 얼굴만 뚫어져라 바라봤다.

10분쯤 지나자 한결이 위병소 안으로 들어왔다. 희수는 목이 메어왔다. 한결은 경례를 한 후 희수와 은서를 끌어안았다. 은서는 결국 눈물을 흘렸다.

한결의 얼굴은 검게 타 있었고 머리는 더욱 짧아져 있었다. 그렇지 않아도 작은 눈이 더 작아 보이고, 덧니는 유난히 하얗게 보인다. 아프리카 원주민이 따로 없었다.

한결은 2주일 전 헌병대로 전출을 갔다고 했다. 편지로 소식을 전한다는 것을 깜빡했다고 했다.

희수는 군인들에게 90도로 고개를 숙여 인사했다. 세 사람은 위병소를 나와 화천읍으로 향하는 버스를 기다렸다. 한결은 사창리 주변에는 선임들이 너무 많아서 불편하다고 했다. 대부분 신참들은 불편하고 멀어도 화천 읍내로 나간다고 했다.

은서는 버스를 타고 오는 동안에도 한결의 손을 꼭 잡았다. 강원도는 부대가 많아서인지 사방팔방을 둘러보아도 군인들뿐이었다. 화천읍내에 도착해서 제일 먼저 눈에 띈 것은 롯데리아 간판이었다. 약국, 병원, 마트, PC방, 모텔, 중국집이 보인다.

희수와 은서는 해외여행이라도 온 사람들처럼 구경하느라 정신이 없다. 신기한 건 웬만한 도시처럼 있을 건 다 있다는 것이었다. 정신이 없는 건 한결도 마찬가지다. 은서는 처음 보는 군인들 모습이 신기하기만 했다.

"이제 어디 가?"

"방부터 잡자."

한결은 앞장서서 걷기 시작했다. 농협 하나로마트를 지나자 긴 통로가 보인다. 시장통 입구다. 양쪽으로 순댓국집, 군인마트, 과일가게, 떡집, 중국집, 정육점, 삼겹살집, 심지어 방앗간까지 즐비하게 늘어서 있었다.

시장통로를 빠져나오자 모텔과 여관들이 보인다. 한결이 앞서 들어간 곳은 '하얀집'이라고 하는 모텔이었다. 이름처럼 온통 하얀색으로 칠해져 있었다. 주인 여자는 얼굴만 겨우 보이는 문틈으로 열쇠 2개를 내밀었다.

"2층 203호, 205호로 올라가시면 됩니다. 6만원입니다."

은서는 열쇠 한 개를 주인 여자에게 다시 주었다.

"방은 하나면 돼요."

"따로 안 자요?"

"같이 자요."

은서는 당당하게 2층으로 걸어 올라갔다.

"요즘 젊은 사람들은 이상해."

주인 여자는 멀뚱히 서 있는 희수와 한결을 이상한 눈빛으로 보더니 재빨리 문을 닫아버렸다.

한결은 2층으로 올라가며 뒤돌아서 희수를 바라봤다.

"노은서 많이 변했다."

은서는 방에 들어와 주저앉았다. 온몸에 남아 있던 전류가 밖으로 빠져나가는 느낌이다.

"박한결. 못 만날 뻔 했잖아."

희수도 긴장이 풀리는지 다리가 후들거린다. 입에서는 저절로 한숨이 새어 나온다. 희수는 옆에 앉은 한결의 얼굴을 보자 갑자기 얄밉다는 생각이 들었다. 희수는 한결의 뒤통수를 손바닥으로 내리쳤다.

"윽!"

"너 때문에 십년감수했다."

"왜?"

"몰라서 물어?"

한결은 희수에게 얻어맞았어도 기분은 최고였다. 보고 싶던 친구들이 와 주었고, 외박까지 나왔다. 한결은 주말이면 외박을 나가는 군인들이 제일 부러웠다. 오늘 만큼은 모든 걸 잊어버리고 친구들과 웃고 떠들고 싶었다.

"뭐가 먹고 싶어?"

"삼겹살에 소주."

한결은 선임이 알려준 삼겹살집이 생각났다.

"가자."

한결은 기억을 되살리며 밖으로 나왔다. 희수와 은서도 그 뒤를 따랐다. 처음 지나쳐 왔던 시장 입구에서 반대 방향으로 걸어가자 '오부자삼겹살'이라고 쓰인 식당이 나타났다.

"저기다."

한결은 사막에서 오아시스를 발견한 사람처럼 엄지손가락을 길게 펴서 식당을 가리켰다. 식당 안에는 2개의 테이블에 군인과 그 가족들이 삼겹살과 소주를 마시고 있었다.

"아픈 데는 없어?"

"없어."

은서는 한결의 집이 춘천이라 했던 것이 생각났다.

"집이 춘천이지?"

"어."

"여기서 가까울 텐데 형이나 누나는 한 번도 안 왔어?"

한결은 술을 한입 가득 들이켜고는 은서의 잔에 술을 따랐다.

"형은 농사일로 바쁘고, 누나도 애들 키우느라 정신없어."

은서는 한결의 손을 잡았다. 미안한 마음이 밀려왔다. 괜히 물었나 싶었다.

"재미없는 이야기 그만 하자."

한결은 희수의 잔에 술을 따라주며 어깨를 쳤다.

"언제 군대 갈 거야?"

"어머니가 혼자 계셔서 졸업하고 갈려고?"

"그래."

은서는 또 다시 대한민국 남자들이 왜 꼭 군대에 가야 하는지 모르겠다고 말했다. 한결은 신이 나서 맞장구를 쳤다.

"맞다."

희수는 예전에 은서가 했던 말이 다시 생각났다.

'우리나라는 나빠. 왜 남자들을 모두 군대에 보내니? 남자지만 아직 애들이잖아. 안 그래?'

은서는 불판 위에 놓인 삼겹살을 뒤집으며 덧붙여 말했다.

"생활이 어려운 사람은 군대에 안 갔으면 좋겠어."

한결은 은서의 말에 박수까지 치며 좋아했다.

"은서 말이 맞다. 그럼 군대 갈 사람은 원준이밖에 없네."

은서는 원준의 이름을 듣는 순간 희수의 얼굴을 바라봤다. 다행히 희수는 다른 곳을 바라보고 있었다. 지금쯤이면 원준과 잠실야구장에서 야구를 보고 있을 시간이었다.

"원준이는 요즘 뭐해?"

한결은 쌈을 싸던 손을 잠시 멈추고 물었다.

"무슨 일 있어?"

"아니야. 잘 지내."

희수는 애써 한결의 눈을 피해 은서 얼굴을 살폈다. 화제를 돌려야 했다.

"재미있는 이야기 없어?"

한결은 들고 있던 상추쌈을 한입에 구겨 넣었다.

"관사 근무를 하고 있을 때 이야기인데, 헌병대장이 근무는 잘 서고 있냐고 전화가 온 거야. 그러자 옆에 있던 선임이 '너가 헌병대장이면 나는 사단장이다. 이 개자식아' 했거든? 열받은 헌병대장이 바로 차타고 왔다는 거 아니냐."

"그래서?"

"영창 갈 뻔 했지."

은서는 두 눈을 동그랗게 뜨고 이야기에 빠져들었다. 군대 용어들이 신기하기만 했다.

"내가 신병일 때 이야기인데 대부분 처음에는 구치소에서 근무하기를 선호하거든. 왜냐하면 혼자 근무하고 실내에서 하거든. 비가 많이 온 날이었을 거야. 처음으로 선임하고 위병소 근무를 나갔는데 옆에 있던 선임이 없어진 거야. 10분 정도 지나자 중대장이라고 하면서 구치소에서 근무하고 싶냐고 전화가 온 거야. 난 좌우를 살피고 아무도 없길래 당장 가고 싶다고 했지."

"그래서?"

"알고 보니 위병소에는 전화기가 앞뒤로 두 대가 있었던 거야."

"진짜?"

"난 정말 몰랐지. 선임이 뒤에서 전화한 거야."

"와!"

"나 그날 열라 맞았다."

은서는 얼굴을 가린 채 고개를 계속 흔들었다. 한결의 군대 이야기는 계속되었다. 시간 가는 줄 모르고 듣다 보니 어느 새 저녁 9시가 넘어가고 있었다. 식당을 나와 마트에서 간단히 장을 본 후에 숙소로 향했다. 한결은 기분이 좋은지 걸어가는 중간에도 군가를 흥얼거리며 손을 위아래로 흔들어댔다.

희수는 모텔에 들어와 통닭과 맥주를 방 안 한가운데에 펼쳐 놓았다. 은서는 화장실에 들어갔고 희수도 간편한 옷으로 갈아입었다.

"얼굴이 어두워 보인다. 무슨 일 있어?"

"없어."

은서가 화장실에서 나왔다. 한결은 은서의 얼굴을 바라보며 환하게 웃었다.

"역시 은서공주는 예쁘다."

은서는 한결은 다시 째려보았다.

"그만 해."

"진짜야."

"군대 이야기 더 듣고 싶다."

은서는 먹기 좋게 통닭들을 찢어놓고, 희수는 맥주를 세 개의 잔에 가득 부었다. 한결이 잔을 들며 외쳤다.

"오늘 술 마시고 죽자. 죽어!"

은서는 다시 군대 이야기를 해 달라고 졸랐다. 그냥 넘어갈 한결이 아니었다. 한결은 닭다리를 한입 가득 베어 물고는 떠들기 시작했다.

"얼마 전 신병하고 위병소 근무를 나갔는데 오줌이 마렵다고 하는 거야. 할 수 없이 수통에 실례를 했지. 내무반에 들어와서는 깜박하고 관물대 위에 올려놨어. 다음 날, 선임이 위병소 근무를 나갔는데 아무 생각 없이 수통 안에 있던 신병 오줌을 마신 거야."

"어떻게 됐어?"

"야밤에 위병소에서 비명소리가 났지."

"악!"

은서도 놀라 비명소리를 냈다. 희수는 끝없이 군대 이야기를 하는 한결과 깔깔대며 재미있어 하는 은서의 얼굴을 바라봤다. 모텔 이름이 하얀집인 것처럼, 하얀 밤이 하얗게 지나가고 있었다.

은서는 아침 일찍 시장으로 갔다. 어제 시장통을 지나가며 보았던 해장국집이 생각났다. 해장국을 2인분 포장해서 방으로 들고 오니 희수와 한결도 일어나 세면을 하고 있었다.

"어디 갔다 와?"

"해장국 사러."

희수는 은서가 들고 온 해장국을 보며 의아해 했다.

"힘들지?"

"아니야. 어제 술 많이 마셨잖아. 해장해야지."

한결은 화장실에서 나오며 은서가 사 온 해장국을 보자 환호성을 질렀다.

"은서는 어디가 달라도 다르다니까?"

한결은 해장국을 게 눈 감추듯 먹어치웠다. 밤새 마신 술이 다 깨는 것 같았다.

그들은 11시 40분에 모텔에서 나왔다. 은서는 지나가는 군인들과 가족들을 바라보던 은서 머릿속에 어젯밤에 한결이 들려 준 군대 이야기가 스냅사진처럼 지나갔다.

어제는 다른 군인 가족들도 군대 이야기를 듣느라 잠을 설쳤을 것이란 생각이 들었다. 길 건너편으로 커피숍이 보였다. 안에는 많은 군인들과 가족들이 앉아서 커피를 마시며 이야기를 하고 있었다.

한결은 시계를 쳐다봤다. 부대로 돌아가야 할 시간이 4시간 정도 남아 있었다.

"시계는 뭐 하러 자꾸 봐?"

"아니야."

"아니긴 뭐가 아니야."

"사실은 부대 들어가기 싫다."

"누군들 들어가고 싶겠냐."

은서가 한결의 손을 꼭 잡아주며 준비했던 선물을 주었다. 한결은 생각지도 않았던 선물에 놀라는 표정이었다.

"풀어 봐."

한결이 포장지를 풀자 작은 상자 안에는 목도리와 장갑이 있었다. 목도리는 은서가 준비하고 장갑은 규리가 준비했다.

"겨울에 써."

"고맙다."

은서는 다시 한결의 손을 잡았다. 손을 놓고 싶지 않았다. 코끝이 시려왔다. 애써 눈물을 참으며 일부러 웃음을 보였다.

화천버스터미널에는 부대로 복귀하려는 군인들이 버스를 기다리고 있었다. 한결이 처음 군대에 입대하던 날처럼 또 다시 이별이 기다리고 있었다. 가족들과 아쉬움을 뒤로 하고 버스에 타는 군인들의 표정이 어두워 보였다.

한결은 희수와 포옹을 했다. 한결은 버스에 올라타 차창 밖에 서 있는 희수와 은서에게 손으로 하트 모양을 만들어 보였다.

"건강해. 다치지 말고"

은서도 손으로 하트를 만들었다. 버스가 출발했다. 버스 안에 서 있던 한결의 모습은 점차 작아지더니 로터리를 돌면서 완전히 자취를 감추었다.

희수와 은서는 춘천으로 가는 버스에 올라탔다. 또 언제 한결을 볼 수 있을지는 알 수 없는 일이었다.

# 꿈은 깊은 바다 속으로 내려가고

희수와 은서는 두 번째 겨울방학을 보내고 있었다. 희수는 편의점에서 아르바이트를 다시 시작했다. 오후에서 오전으로 시간대만 변경되었다.

희수는 기숙사로 향하는 발걸음이 무거웠다. 2학기 과목 중 불안한 과목이 1개 있었기 때문이었다. 희수는 이스퀘어 건물에 멈춰 섰다. 계단을 밟으며 2층으로 올라갔다. 평소 안면이 있던 국문학과 선배가 커피를 내리고 있었다.

"웬일이야?"

"커피 냄새 좋은데요?"

"내일은 해가 서쪽에서 뜨겠다."

"놀리지 마세요."

"진짜야."

선배는 하얀 머그잔에 커피를 가득 담아서 창가 쪽에 앉아 있는 희수에게 다가왔다.

"알바하고 오는 길이야?"

"네."

"알바한 지 오래됐지? 할만 해?"

"이젠 익숙해져서 괜찮아요."

희수가 커피를 마시려 할 때, 영문학과 조교가 들어왔다.

"안녕하세요."

조교는 검은색 코트를 벗으며 희수 얼굴을 바라봤다.

"여기서 만나네, 전달할 이야기가 있었는데……."

"연락하려고 했습니다."

"영국문학사가 걸리지?"

"어떻게……?"

"민소영 교수님에게 가 봐."

"지금요?"

희수는 국문학과 선배에게 눈인사를 하고 이스퀘어를 급하게 나왔다. 조교 말대로 영국문학사 과목이 마음에 걸렸다. 자칫 잘못하면 이 과목 때문에 3학년 1학기 국가장학금 혜택을 못 받을 수도 있었기 때문이었다.

희수는 서둘러 민소영 교수의 연구실로 뛰어갔다. 민소영 교수는 빈틈이 없기로 소문난 사람이다.

교수연구동 3층 복도는 조용했다. 4번째 문 앞에 <교수 민소영>

이라고 쓰인 아크릴 푯말이 붙어있다. 희수는 심호흡을 크게 하고 노크를 했다.

"들어와요."

연구실 안으로 들어가자 민소영 교수는 모니터를 뚫어져라 쳐다보며 키보드를 열심히 두들기고 있었다.

"누구야?"

"김희수라고 합니다."

민소영 교수는 검은색 뿔테 안경을 쓰고 고개를 살짝 내리고는 안경 너머로 희수를 힐끔 쳐다본다.

"무슨 일이야?"

"영국문학사 때문에……."

"조교에게 들었나?"

"우연히 만났습니다."

민소영 교수는 소파에 앉으며 A4용지 1장을 뚫어져라 쳐다봤다.

"영국문학사 리포트는 왜 제출 안 했지?"

"아직……."

"제출 마감 시간이 지났어."

"죄송합니다."

희수는 손에서 땀이 배어 나왔다. 두 손을 소파 아래로 내려 비벼댔다.

"모레까지 제출하겠습니다."

"그럼, 내 방으로 직접 가지고 와. 반드시 모레 점심시간 전까지야. 만약 그때까지도 제출을 못 하면 학점을 줄 수 없어."

"알겠습니다."

희수는 책가방을 들고 일어났다. 손에서는 땀이 계속 배어 나왔다.

"김희수."

민소영 교수는 오른손으로 다시 앉으라고 손짓을 했다. 희수는 소파에 앉으며 민소영 교수의 검은색 뿔테 안경을 뚫어져라 바라봤다.

"'아름다운가게'라고 전국에 매장을 가지고 있는 곳이 있어. 내 지인이 그곳을 운영하는데 자원봉사할 생각 없어?"

"자원봉사 말인가요?"

"그래."

희수는 자원봉사라는 말에 어리둥절하며 눈만 깜박거렸다.

"자네도 알다시피 공대생들이야 4학년 때부터 취업현장에 나가는데, 문과생들은 취업이 쉽지 않아. 봉사활동이나 대외활동을 많이 해서 스펙을 쌓아두어야 해. 알았나?"

"네."

"그래야 나중에 채용 시에 가산점이 붙거든."

희수는 민소영 교수의 검은색 뿔테 안경을 다시 바라봤다. 검은색이 유난히 선명하게 보였다.

"생각해 보겠습니다."

희수는 정신없이 인사를 한 뒤에 민소영 교수 방을 나왔다. 국가장학금은 희수에게 중요했다. 아르바이트를 아무리 많이 한다고 해도 국가장학금 없이는 등록금 해결하기가 어려웠다. 그렇다고 채소 장사를 하시는 어머니에게 등록금 이야기를 한다는 것은 죽기보다도 싫은 일이었다. 희수는 대학에 입학할 때도 절대 어머니에게는 짐이 되지 않겠다고 다짐했다.

희수는 기숙사로 돌아와 은서가 준 영국문학사 리포트 자료를 읽기 시작했다. 갑자기 민소영 교수가 했던 말이 생각났다.

'그래야 나중에 채용 시에 가산점이 붙거든.'

희수는 리포트를 정리하면서 이상한 생각이 들었다. 민소영 교수가 자신에게 왜 관심을 보이는지 이해할 수 없었다. 희수는 새벽 3시가 돼서야 리포트의 끝자락이 보이기 시작했다. 기숙사 밖으로 나오자 밤새 눈이 내렸는지 캠퍼스 전체가 거대한 겨울왕국으로 변해 있었다.

희수가 편의점에 도착했을 때, 앞 타임에 일하던 학생이 분주히 쓰레기통을 치우고 있었다.

"별일 없었죠?"

"네."

"눈이 많이 왔어요."

희수는 가볍게 인사를 하며 쓰레기통 치우는 일을 도왔다. 쓰레기통 안의 비닐들을 모두 교체하고 깨끗이 닦았다. 희수가 쓰레기통을 안으로 옮기려고 할 때, 바지 주머니에 있던 전화기에서 진동이 느껴졌다. 처음 보는 전화번호였다.

"여보세요."

"희수야. 행복떡집이야."

"웬일이세요?"

희수는 전화기를 귀에 가까이 댔다. 행복떡집 아주머니의 목소리가 가늘게 떨렸다.

"놀라지 말고 잘 들어. 네 엄마가 아침에 쓰러졌어."

희수는 전화기를 손에서 떨어뜨릴 뻔 했다. 전화기에서는 행복떡집 아주머니의 목소리가 나지막이 흘러나오고 있다. 희수는 다시 전화기를 들었다.

"희수야."

"네."

"지금 119차 타고 대전미래병원 응급실로 가고 있으니 빨리 내려와."

희수는 전화기를 바지 주머니에 쑤셔 넣고는 무엇부터 해야 할지 생각했다. 하지만 아무것도 생각나지 않았다.

"무슨 일 있어요?"

"어머니가……."

"왜요?"

"쓰러지셨다고……."

아르바이트생은 희수가 말을 끝내기도 전에 희수의 등을 떠밀었다.

"빨리 가 봐요."

"고마워요."

희수는 고맙다는 말을 여러 차례 한 뒤에 서둘러 기숙사로 향했다.

희수는 수원터미널에서 대전으로 향하는 버스를 탔다. 눈이 많이 왔지만 고속도로는 대부분 눈이 녹아있었다. 평일이라 버스 안은 사람들이 많지 않았다.

희수는 전화기를 만지작거리고 있었다. 어머니가 쓰러져도 연락할 친척 한 명 없다는 것이 외롭게 다가왔다. 대전으로 이사 오기 전에는 이모가 있었지만 그마저 연락이 끊겼다. 마음이 급해지기 시작했다. 다행인 것은 가게 옆집이 행복떡집이라는 것이었다.

어머니와 행복떡집은 같은 시기에 장사를 시작했다. 행복떡집 아주머니는 어머니를 늘 형님이라고 불렀고, 희수를 자식처럼 생각했다. 어머니도 아주머니를 친동생처럼 대했다.

대전터미널에 도착했을 때는 점심시간이 지나있었다. 희수는 곧바로 택시를 타고 아주머니가 알려준 대전미래병원으로 향했다.

병원은 빙판길에 넘어진 사람들이 많아서인지 사람들로 북적이고 있었다. 어머니는 구석 안쪽 침대에 누워 있었다. 옆에는 간호사와 행복떡집 아주머니가 애타는 얼굴로 어머니를 보고 있었다. 아주머니는 희수를 금방 알아봤다.

"왔니?"

아주머니는 떨리는 손으로 희수 손을 꼭 잡았다.

"큰일 날 뻔 했어. 조금만 늦게 발견했으면……."

아주머니는 희수의 두 손을 계속 붙잡고 있었다. 아주머니가 아침에 가게 문을 열려고 하는데 어머니가 쓰러져 있었다고 했다. 너무 놀란 아주머니는 아저씨를 부르고 119에 전화한 뒤에 어머니 전화기에서 희수의 연락처를 찾았다고 했다.

"고맙습니다."

"고맙긴."

"이만하길 천만다행이야. 위험한 고비는 넘겼어."

여자 간호사는 남자 간호사를 부르더니 어머니가 누워 있는 침대를 끌고 갔다.

병동은 6층이었다. 침대 옆에 수액을 달아 수혈을 하기 시작했고, 어머니는 2시간이 지나서야 눈을 떴다. 희수는 북받쳐 올라오는 눈물을 참을 수 없었다. 눈물이 침대 모서리 이불 위로 떨어졌다. 희수가 옆에 없는 동안 어머니는 많이 늙어있었다. 희수는 어머니 손을 꼭 잡았다. 어머니 손은 많이 거칠어져 있었다. 어머니는 한참을 지나서야 희수가 옆에 있다는 것을 알아차렸다.

"네가 여기 왜 있는 거냐?"

"행복떡집 아주머니에게서 전화 받았어요."

어머니 목소리가 들릴 듯 말듯 작게 들려왔다.

"형님, 제가 전화했어요."

어머니는 알듯 말듯 고개를 끄덕이더니 다시 눈을 감았다. 무척이나 힘들어 보인다. 어머니는 눈을 감으면서도 희수 손을 놓지 않았다.

10분쯤 지나자 주치의와 간호사가 들어왔다. 주치의는 어머니 눈을 보고는 간호사에게 귓속말을 했다.

"보호자 되시나요?"

"네."

"과로하신 것 같아요. 쉬셔야 합니다."

"과로요?"

"앞으로 또 무리하시면 정말 큰일 납니다."

머리가 하얘서 도사처럼 보이는 주치의는 두 손을 기도하듯 가운데로 모으고 말하는 것이 특이했다. 주치의는 같은 말을 여러 번 반복하며 당부하고는 병실을 나갔다. 아주머니도 가게로 돌아갔다. 희수는 어머니가 잠들어 있는 모습을 지켜 본 후에 한참을 있다가 밖으로 나왔다.

병실 사이에 휴게실이 있었다. 희수는 휴게실 의자에 앉아 창밖을 바라봤다. 긴장이 풀리며 다리가 후들거림을 느꼈다. 긴 한숨과 함께 온몸에서는 뜨거운 공기가 뿜어져 나오고 있었다. 희수는 스스로 마음을 다잡았다.

이만하길 다행이야.

어딘가에서 희수를 부르는 소리가 들려왔다. 스피커에서 들려오는 소리 같기도 하고 누군가 귀에 대고 조용하게 속삭이는 것 같기도 했다.

"이희자 보호자분은 605호 병동으로 오세요."

희수가 눈을 떴을 때 그 소리는 더욱 크게 들려왔다. 희수는 자신의 이름을 부르는 간호사와 눈이 마주쳤다.

"여기 계시면 어떡합니까?"

"죄송합니다."

"어머니가 찾으십니다."

"어머니요?"

희수는 병동으로 급하게 뛰어갔다. 병동 안에는 모두 4개의 침실이 있었다. 어머니는 상반신만 일으킨 채로 혼자 죽을 드시고 있었다.

"괜찮아요?"

어머니는 애써 웃었다.

"그래."

어머니는 한사코 괜찮다고 했지만 절대 무리하면 안 된다는 주치의의 음성이 메아리처럼 들려왔다. 옆 침실에 있던 할아버지가 흐뭇해하는 표정으로 말했다.

"아드님이 계셨네요?"

"네."

"든든하시겠어요?"

"그럼요. 대학생입니다."

어머니는 희수 손을 꼭 잡았다. 아들 자랑에 자신이 아픈 것도 잊어버린 것 같았다. 죽을 다 드신 어머니는 다시 침대에 누웠다. 병동 안 한가운데에는 텔레비전이 있었고 그 옆에는 공동으로 사용하는 냉장고가 있었다. 텔레비전에서는 9시 뉴스가 흘러나오고 있었다.

뉴스가 끝나가고 있을 때, 간호사가 들어오더니 병동 안 불을 끄고 나갔다. 환자들은 모두 잠을 청하고 보호자들은 전화기를 보거나, 밖으로 나가 휴게실에 있는 텔레비전을 보았다. 희수는 어머니 얼굴을 물끄러미 내려다보고 있었다. 어머니를 보호해 줄 수 있는 사람이 자신밖에 없다는 현실이 서럽고 외로웠다.

잠들어 있는 어머니 얼굴은 더 없이 평화로워 보인다. 희수는 어머니의 헝클어진 머리카락을 조심스레 매만져 보았다. 까칠한 느낌이 들었다. 하얀 머리카락도 듬성듬성 보인다. 희수는 이불을 어머니 턱밑까지 올려놓고는 조용히 병실을 나왔다. 더 있다가는 눈물이 나올 것 같았다.

희수는 자판기에서 커피를 한 잔 뽑아서 엘리베이터가 있는 곳으로 갔다. 1층으로 내려와 길 건너편으로 걸어갔다. 담배가 생각나 편의점으로 들어가 담배를 샀다. 그동안 끊었던 담배였다. 담배라도 피워야 마음이 편할 것 같았다. 어두워진 거리에서는 벌써부터 크리스마스 캐럴이 흘러나오고 있었다. 담배를 오랜만에 피워서일까 어지러웠다. 편의점 의자에 앉아 지나가는 사람들을 보았다. 모두들 행복하고 넉넉해 보였다.

편의점에서 캔맥주와 새우깡을 샀다. 맥주는 시원했다. 맞은편에는 어머니가 잠들어있는 병원이 한눈에 들어왔다. 희수는 1층부터 10층까지 올려다보니 불이 켜진 곳도 있고 꺼진 곳도 있다. 6층은 대부분 꺼져있었다.

희수는 휴게실로 올라왔다. 휴게실에는 아무도 없었고, 벽에 걸린 시계는 저녁 10시 50분을 가리키고 있었다.

그때, 은서에게서 전화가 왔다.

"나야."

"웬일이야?"

"어머니는 어떠셔?"

"어떻게 알았어?"

"편의점에서 들었어."

은서는 뭔가 할 말이 있는 것 같았지만 계속 머뭇거렸다. 은서는 내일이라도 당장 대전으로 내려오겠다고 했다. 하지만 희수는 마음이 편하지 않았다.

6층 창밖으로 내려다보이는 대전 시내는 크리스마스트리에서 내뿜는 불빛 때문인지 포근하고 따뜻해 보인다. 가족들, 친구들, 연인들은 저마다 얼굴에 환한 미소를 머금은 채 바삐 걸음을 재촉하고 있었다. 어둑해진 주차장에 가지런히 세워진 자동차들 사이로 가끔 고양이들이 돌아다니는 모습이 보이고 있었다. 누워 계신 어머니만큼 다가올 미래가 점점 희미해졌다. 육체와 정신은 지쳐있었고 다가올 미래까지 불투명하게 느껴졌다. 세상은 바삐 돌아가고 있지만 자신만 혼자 멈춰 서 있는 것 같았다.

희수는 휴게소 소파에 얼굴을 묻은 채로 까무룩 잠에 빠졌다. 얼마나 잤는지 기억에 없었다. 누군가 어깨를 흔드는 느낌에 잠에서 깼다. 파란색 가운에 하얀 수건을 머리에 쓴 아주머니다.

"여기서 자면 안 돼요."

휴게실 벽에 걸려있는 시계는 새벽 4시 50분을 지나가고 있었다.

희수는 주섬주섬 일어나 어머니 침실로 갔다. 창밖은 아직도 어둠이 짙게 깔려 있었다. 어머니는 여전히 평안한 얼굴로 잠을 자고 있었다. 희수는 어머니 침대 옆에 있는 간이침대에 누웠다. 전화기에 찍혀있는 은서의 문자가 선명하게 보인다.

&lt;도착하면 전화할게&gt;

희수는 침대에 누웠지만 잠이 오질 않았다. 희수는 무거운 발걸음을 옮겨 휴게실로 갔다. 텔레비전 소리만 혼자 윙윙거리고 있었다.

아침 8시, 어머니는 죽을 먹었다. 주치의가 들어와 어머니 얼굴을 유심히 살피고는 말했다.

"하루 사이에 많이 좋아진 것 같아요. 하지만 안심해서는 안 됩니다. 워낙 기력이 많이 소진돼서 며칠은 더 지켜봐야 할 것 같습니다. 식사 잘 하고요."

"감사합니다."

희수는 마음이 안정되는 것 같았다. 어머니가 태연한 표정을 지으며 주치의 얼굴을 바라봤다.

"선생님. 오늘이라도 퇴원하면 안 될까요?"

주치의는 당황한 표정을 지으며 말했다.

"퇴원은 너무 빠릅니다."

"많이 좋아졌습니다."

"하지만 며칠 더 쉬셔야 합니다."

"……."

"급한 일이라도 있으세요?"

"가게를 며칠씩 비울 수가 없어서요."

주치의는 희수 얼굴을 바라봤다.

"어머니. 장사가 중요한 게 아니에요."

"난 괜찮아. 다 나았어."

주치의는 애써 눈인사를 하더니 옆에 있는 환자에게로 발걸음을 돌렸다. 희수는 어머니의 마음을 이해하면서도 답답함을 느꼈다.

"가게일은 걱정하지 마세요. 오늘부터라도 문을 열게요."

"네가?"

"네."

"아니다. 넌 올라가 공부해야지."

"방학 중이라 괜찮아요."

"하지만……."

"걱정 마세요."

희수는 식판을 치우고 어머니는 침대에 다시 누웠다. 어머니 몸은 2년 새 많이 여위었다. 손목도 가늘었고 다리 근육도 몰라보게 여위어 있었다. 희수는 자신의 손을 잡은 채로 잠든 어머니 얼굴을 물끄러미 내려다보았다. 깊게 패인 주름살과 거칠어진 입술, 하얗게 물들어버린 머리카락들이 한눈에 들어왔다. 희수는 모든 것이 자기 탓인 것 같았다. 어머니 손은 여전히 따뜻했다. 그냥 이대로 시간이 멈추어 버렸으면 좋겠다고 생각했다.

1층으로 내려온 희수는 길 건너편에 있는 흡연 장소로 갔다. 어제처럼 어지럽지는 않았다. 담배를 재떨이에 비벼 끌 때 은서에게서 문자가 왔다.

<1시간 후 대전터미널 도착>

희수는 어제 은서에게 오지 않아도 된다고 했다. 은서에게 미안했기 때문이었다. 희수가 대전터미널로 나가겠다고 했지만 은서는 직접 병원으로 오겠다고 했다.

희수는 은서를 기다리는 동안 병원 지하 편의점에 가서 라면과 삼각김밥으로 아침을 해결했다. 커피를 들고 휴게실로 들어가자 은서가 와 있었다.

"왔어?"

"어머니는?"

"주무셔."

"어떠셔?"

"이젠 괜찮아."

"많이 놀랐지? 전화는 왜 안 했어?"

"나도 정신이 없었어."

은서는 평소와는 달리 하얗게 질린 얼굴이었다. 병동으로 들어온 은서는 어머니 얼굴을 유심히 바라보았다.

"많이 좋아지신 거야?"

"어."

"퇴원은 언제야?"

"며칠은 더 있어야 할 것 같아."

은서는 어머니 손을 꼭 잡았다. 어머니는 희수의 손이 아니라는 걸 어떻게 알았는지 가느다랗게 눈을 떴다. 어머니는 조용히 서 있던 은서 모습에 놀랐는지 상체를 일으켰다.

"웬 처자냐?"

"친구에요."

"친구?"

은서는 고개를 숙여 다소곳이 인사를 했다.

"노은서라고 합니다."

"공부하느라 바쁠 텐데……."

은서는 대답 대신 어머니 손을 다시 잡았고, 옆에 계신 할아버지가 큰 소리로 말했다.

"친구는 무슨, 애인처럼 보이는데."

주위에 있던 환자들과 보호자들은 은서에게 눈길을 돌렸고 은서는 얼굴이 빨개졌다. 약봉지를 들고 있던 할아버지가 웃으며 말했다.

"얼굴이 빨개지는 걸 보니, 내 말이 맞는 모양이네. 조만간 며느리 보겠네요."

할아버지는 재미있는지 계속해서 껄껄대며 웃었다. 어머니는 어떤 사이이건 그저 좋았다. 희수는 은서가 난처해할까 봐 계속해서 손사래를 치며 아니라고 했다.

점심시간이 되었다. 희수는 어머니가 자는 사이 은서를 데리고 병원 구내식당으로 내려갔다. 이틀 째 잠을 제대로 자지 못해 밥알이 모래알을 씹는 것 같았다. 은서도 밥맛이 없기는 마찬가지다.

"병원비는 확인해 봤어?"

은서는 숟가락을 내려놓으며 말했다. 희수의 형편을 누구보다도 잘 알고 있는 은서였다.

"병원비?"

희수는 병원비란 소리에 뒤통수를 얻어맞은 기분이었다. 그동안 어머니 때문에 정신이 없어서일까 병원비에 대해서는 까맣게 잊고 있었다.

"확인해 볼게."

희수는 밥을 먹고 있는 은서를 바라봤다.

역시 여자라 다르구나.

희수는 병원 원무과에 들렀다. 퇴원할 때까지의 병원비를 계산해 보니 아르바이트를 해서 모아 둔 돈과 의료보험을 적용하면 다행히 모자라지는 않았다.

은서는 희수의 고민을 알고 있었다. 당장 3학년 1학기 등록금이 마음에 걸렸다. 앞으로 일을 쉬지 않고 한다고 해도 턱없이 부족한 금액이었다. 은서는 휴게실에서 희수가 가지고 온 커피를 마시며 희수의 얼굴을 살폈다.

"이미니 퇴원하시면 기숙사로 돌아올 거지?"

"……."

은서는 커피가 들어있는 종이컵을 만지작거렸다.

"너무 걱정하지 마."

"그래도……."

"걱정한다고 해결될 문제가 아니야."

"다음 학기 등록기간이 보름밖에 안 남았잖아."

희수는 보름이라는 말에 섬찟 놀랐다. 은서 말도 틀린 말은 아니었다. 국가장학금을 받아도 부족했다. 등록금 대출이라고 하는 든든 학자금도 한계가 있었다. 지금까지 받은 대출금만 해도 2천만 원이었다. 대학을 졸업해서 바로 취업을 한다면 크게 걱정이야 없겠지만 그것도 확실하지 않은 미래였다. 눈덩이처럼 불어나는 대출금이 아무래도 마음에 걸렸다.

은서는 부산에 사는 언니가 등록금을 도와줘 희수처럼 힘들지는 않았다. 은서는 속이 상했다. 창밖을 보다가 고개를 돌린 은서가 말했다.

"희수야."

"말해."

은서가 갑자기 희수의 두 손을 잡았다. 뭔가 할 이야기가 있는 것 같은데 은서는 계속 머뭇거리고 있었다.

"편하게 이야기 해."

"기분 나쁘게 듣지 마."

"뭔데?"

"다음 학기 해결책이 없잖아. 그래서 말인데 원준이에게 부탁해보면 어떨까?"

"유원준?"

"나중에 갚으면 되잖아."

희수는 종이컵을 만지작거리다 힘겹게 말했다.

"다른 사람은 몰라도 원준이는 싫어."

"왜?"

"그냥 싫어."

희수는 잡고 있던 은서의 손을 놓았다. 은서는 두 사람 사이를 가깝게 하고 싶은 마음도 있었지만 지금은 등록금이 더 급하다고 생각했다. 해결해 줄 사람은 원준이밖에 없다고 생각했다.

은서는 희수의 오른손을 다시 잡았다.

"휴학을 해야 할 것 같아."

"휴학? 원준이에게 부탁해 볼게. 휴학을 왜 해?"

"싫어."

은서는 희수의 나머지 손마저 잡았다. 은서는 아직 시간이 있으니 좀 더 생각해 보자고 했다. 그러나 희수는 원준에게 돈을 빌린다는 사실은 죽기보다도 싫었다. 희수는 은서를 버스터미널까지 바래다주고 병원으로 돌아왔다. 거리는 어둠이 짙게 깔려 있었다.

은서는 수원으로 올라오는 버스 안이 답답했다. 희수가 휴학을 한다는 말이 머릿속에서 떠나지 않았다. 은서는 차창 밖을 바라봤다.

세상은 참 불공평해. 착한 사람들이 너무 힘든 세상이야. 더러운 세상이야.

어머니는 시간이 갈수록 기력을 되찾고 있었다. 그러나 워낙 바닥이 난 체력이라 걷는 것조차 힘겨워 보였다. 저녁 식사를 마친 어머니는 모처럼 머리를 감고 침대에 반듯하게 누워 잠들었다.

희수는 휴게실에 앉아 어제처럼 다시 창밖 시내를 구경하고 있었다. 어제와 같이 변한 건 하나도 없는 것 같았다. 차들은 강물의 물줄기처럼 유유히 흘러가고 있었고, 사람들도 저마다 옷깃을 세우고 어디론가 흩어지고 있었다. 자세히 보니 가느다란 눈발이 서서히 흩날리고 있었다. 낮에 말했던 은서의 이야기가 귓가에 맴돌았다. 그 소리는 웅얼거림에서 점점 커져 누군가 귀에다 대고 이야기하는 듯했다. 스스로도 자신에게 말하고 싶었다.

김희수. 자존심이 문제가 아니야. 안 그래? 다시 한 번 생각해 봐. 현실은 냉정한 거야. 정신 똑바로 차려.

하지만 그건 오로지 말뿐이라는 생각이 들었다. 현실은 달랐다. 자존심 문제가 아니었다. 어떻게 보면 희수의 마지막 영혼이라고 부르고 싶었다. 누구도 건드리지 못할 영혼……. 희수는 애써 잊으려 했지만 은서의 울림은 없어지지 않았다.

창밖은 여전히 평화로워 보인다. 휴게실에서 텔레비전을 보는 사람들을 포함해 온 세상 사람들 모두 평화로워 보인다. 그러나 희수의 마음은 그렇지 못했다. 오로지 영혼만이…….

어머니가 퇴원하는 날이었다. 희수는 아침 일찍 짐을 꾸리고 병원비 계산을 끝냈다. 휴게실에 혼자 있던 어머니를 부축하고 병원을 나와 집으로 향했다. 집은 대전에서 제일 큰 중앙시장 안에 있다. 집이라고 해야 가게에 붙어 있는 방 한 칸이 전부다.

시장 입구에 들어섰을 때, 녹두빈대떡집 아주머니와 마주쳤다.

"어이구! 형님, 괜찮아요?"

어머니는 애써 웃었다.

"이젠 괜찮아."

행복떡집 아저씨와 아주머니도 부랴부랴 뛰어 나와 어머니 손을 잡았다.

"형님, 이만하길 다행이에요. 희수가 있어서 든든하지요?"

녹두빈대떡집 아주머니는 손수 만든 식혜와 잡채를 들고 왔다. 희수는 가게 이웃 모든 분들이 고마웠다. 행복떡집 아저씨는 어머니가 없는 동안에도 방에 연탄불을 계속 지폈다고 했다. 그래서인지 방은 온기가 그대로 남아 있었다. 희수는 방 안을 대충 정리하고 가게 문을 열었다.

"희수야."

"네."

"이제 여기는 걱정 말고 어서 올라가거라."

"어머니를 혼자 놔두고 어떻게 올라가요."

"난 이제 괜찮아."

희수는 병원에서 주치의가 했던 말을 어머니에게 다시 연설하기 시작했다. 최소한 한 달 이상은 쉬어야 한다, 무리하면 절대 안 된다, 그때는 정말 큰일 난다.

어머니는 그래도 포기할 것 같지 않았다. 희수가 있어야 할 곳은 대학이라며 자신의 주장을 누그러뜨리지 않았다.

"일주일만 있다가 올라갈게요."

"그래. 여기 오래 있지 말거라."

희수는 어머니를 안심시킨 후에 가게를 청소하기 시작했다.

다음 날, 희수는 가게에 있는 유일한 이동 수단인 오토바이를 타고 청과물시장으로 향했다. 2년 전에 했던 일이라 그다지 어려울 것 같지도 않았다. 먼저 상추를 사고 고구마, 무, 고추, 버섯, 당근, 양파를 샀다. 청과물 품목마다 사장들은 모두 달라졌지만 그것 외에는 예전과 달라진 것이 아무것도 없었다. 도매상 사장들은 오히려 희수를 보고 모두 놀라워했다. 희수의 형편을 아는 사장은 물건을 반값에 주기도 했다. 시장의 옛정은 아직도 그대로 남아 있었다. 변한 건 자신뿐인 것 같았다. 가게로 돌아온 희수는 채소들을 차례대로 진열하고 장사할 준비를 했다.

점심시간이 지나고 오후로 접어들었다. 오랫동안 단골로 드나들던 사람들이 희수를 알아보고는 가게로 들어왔다. 어머니 이야기를 들은 손님들은 진심으로 걱정해 주었다. 장사는 저녁 10시가 되어서야 끝이 났다. 너무 오랜만에 해 보는 장사라 그런지 온몸이 몽둥이에 맞은 듯 아파왔다. 어머니가 쓰러진 이유를 알 것 같았다.

"어서 먹어라."

가게 문을 닫고 방으로 들어서자 어머니가 밥상을 들고 들어왔다. 옛날처럼 된장찌개가 보글보글 끓고 있었다. 어머니가 차려 준 밥상은 2년 만에 맛보는 것이었다. 어떤 것과도 바꿀 수 없는 어머니 손맛은 변함이 없었다. 어머니는 맛있게 밥을 먹고 있는 희수를 바라봤다.

"내일은 올라가거라."

"아직은 안 돼요. 주치의선생님 이야기 들으셨잖아요."

"알고 있어. 하지만 이젠 괜찮아."

"그럼 제가 3일만 더 있다가 올라갈게요."

어머니는 더 이상 말하지 않았다. 희수는 어머니 손을 꼭 잡았다. 어머니 눈에서 한 줄기 눈물이 흘러내리고 있었다. 어머니는 3일만 더 있다 올라간다는 말에 더 이상 토를 달지 않았다. 희수도 이번에는 그렇게 할 생각이었다.

희수는 늦게 기숙사에 들어왔다. 은서에게 전화를 하려고 했으나 우선은 마음의 정리가 필요했다. 은서는 분명 휴학을 반대할 것이 불을 보듯 뻔했다.

희수는 대전에서 올라오는 버스 안에서 어떻게 할 것인가를 고민했다. 아무리 생각해도 방법은 없었다. 그렇다고 은서의 말대로 원준에게 도움을 요청하는 것은 죽기보다도 싫었다. 피로가 물밀듯이 몰려왔다. 침대에 누워 멍하니 천장을 바라보다 설핏 잠이 들었다. 또 다시 대전에 혼자 계신 어머니 얼굴이 떠올랐다.

"넌 아무 걱정 말고 공부에만 전념해. 알았지?"

얼마나 잤을까. 전화기 진동 소리에 잠에서 깨어보니 은서의 문자가 와 있었다.

<휴게실에 있음>

희수는 휴게실로 내려갔다. 은서가 먼저 와 기다리고 있었다.

"언제 올라왔어?"

"어제 저녁에."

"전화하지."

"시간이 너무 늦었어."

"고생 많았지? 어머니는 어떠셔?"

"많이 좋아지셨어."

"다행이다."

은서의 표정이 밝아 보였다. 아르바이트 하기도 바쁠 텐데 한걸음에 대전까지 내려와 준 은서다.

희수는 그런 은서의 얼굴을 보고 휴학을 해야겠다는 말을 할 자신이 없었다. 다음 주 금요일까지는 3학년 1학기 수강신청을 해야 하고, 그 다음 주까지는 등록금을 납부해야 할 형편이었다. 시간이 많지 않았다.

은서가 기다렸다는 듯이 말했다.

"계속 다닐 거지?"

"……."

"다음 주가 수강신청 마감이야."

"……."

"내가 원준이에게 부탁해 놨어."

은서는 손으로 V자를 그려 보이기까지 하면서 자신 있게 말했다.

"도와주겠대. 잘 됐지? 한 번만 그렇게 하자."

희수는 은서와 눈을 마주치기 싫었다. 어머니와 닮은 은서의 눈을 보면 은서가 하자는 대로 할 것만 같았다. 자존심의 문제가 아니었다. 원준이 미워서도 아니었다. 이 현실이 미울 뿐이었다. 친구에게 손을 내밀어야 하는 자신이 죽을 만큼이나 미웠고 싫었다.

희수는 자신도 모르게 자리에서 벌떡 일어났다.

"싫다고 했잖아."

희수는 은서가 당황할 거라고 생각했으나 오히려 담담해 보였다.

"한 번만……."

은서의 눈이 어느새 빨갛게 달아올랐다.

"누가 원준이에게 그런 거 부탁하라고 했어?"

"희수야. 제발!"

"그딴 거 필요 없다고 해."

은서는 일어나서 희수의 팔을 잡았다.

"휴학하기로 했어."

"휴학? 왜? 살다보면 남의 도움 받을 때도 있지!"

"살다보면……?"

"그래. 살다보면."

"난 그런 놈에게 도움 받은 적 없어."

"자존심 때문이야?"

"자존심?"

희수는 손이 부들부들 떨려왔다. 안경 너머로 은서의 얼굴이 아른거렸다. 은서의 눈에서는 금방이라도 눈물이 흘러내릴 것 같았다. 희수는 더 이상 은서와 같이 있다가는 은서의 뺨이라도 때릴 것 같은 기분이 들었다.

희수는 은서의 손을 뿌리치고 휴게실을 나왔다. 은서의 목소리가 등 뒤에서 빗소리처럼 들려왔다.

"바보 같은 놈. 자존심이 그렇게 중요해? 그렇게 중요하냐고!"

희수는 휴학계를 제출하고 은서에게 문자를 보냈다. 편의점에 들러 점장에게 인사를 하고 조교사무실에도 들러 인사를 했다.

은서에게서는 끝내 답변이 없었다. 다시 기숙사에 직통전화를 했다. 그러나 아무도 받지 않았다. 희수는 가방을 어깨에 메고 기숙사 정문을 나왔다.

은서는 방에서 기숙사를 나가는 희수의 뒷모습을 바라봤다. 희수는 걷다가 뒤돌아서서 기숙사를 바라봤다.

돌아올 수 있을까?

희수는 잠시 서 있다가 다시 정문을 향해서 걸었다. 희수의 모습이 점점 작아지기 시작했다.

은서는 방문을 열고 나와 버스정류장으로 뛰어갔다. 그러나 희수의 모습은 이미 보이지 않았다. 은서는 천천히 기숙사로 걸어갔다. 날씨는 너무도 화창했지만 눈물이 나왔다. 은서는 눈물을 참으려고 애써 보았지만 그럴수록 눈물은 더욱 쉴 새 없이 흘렀다. 기숙사 방에 들어온 은서는 침대에 누웠다. 눈물은 여전히 그치지 않고 흘러내렸다. 말이 없는 전화기에는 희수의 문자만 선명하게 찍혀 있었다.

<미안해. 꼭 돌아올게>

# 정동진역에는 기차가 없다

3학년 1학기가 시작되었다. 봄기운이 몰려오고 있었다. 은서는 여전히 아르바이트와 학업을 병행하고 있었다. 아르바이트는 희수가 처음에 일했던 편의점에서 오후 시간에 하고 있었다.

희수는 휴학을 했고, 한결은 군대에 있었다. 은서는 허전하다 못해 썰렁했다. 그나마 단짝이었던 규리마저 뉴질랜드로 이민을 가버려 외돌토리 신세가 되어버렸다. 평상시 안면이 있는 친구들이 여러 명 있기는 했지만 가까워지기가 쉽지 않았고 가까워질 수도 없었다. 원준만이 은서 곁을 맴돌고 있었다.

"노은서. 희수에게 연락 와?"

"아니."

"희수는 야채장사 일이 재미있나 봐?"

은서는 원준의 얼굴을 쏘아보며 말했다.

"재미?"

"미안."

원준은 뒷머리를 긁적거리며 은서의 눈치를 살폈다.

"여행 안 갈래? 다음 주부터 연휴잖아. 정동진 어때? 아버지 별장이 거기 있어. 혼자 가기에는 너무 심심할 것 같아서."

은서는 혼란스러웠지만 같이 여행을 가자는 원준의 말이 꼭 프러포즈처럼 들렸다. 꼭 프러포즈가 아니더라도 기분전환은 필요하다고 생각했다. 은서는 다음 날 원준에게 문자를 보냈다.

<같이 갈게>

금요일 오후. 은서와 원준은 정동진으로 향했다. 원준은 운전을 하면서도 마냥 싱글벙글했다. 은서는 원준을 바라봤다. 철없는 아이처럼 보였다.

별장은 정동진 기차역 부근 산 중턱에 있었다. 별장은 온통 하얀색으로 칠해져 있는 2층집이었고 맨 꼭대기 지붕만 파란색인 예쁜 집이었다.

원준은 커튼을 모두 젖히고 바다를 바라봤다. 바다를 향해 있는 창문을 열고 나가자 야외 테라스가 있었고 탁자와 의자가 놓여있었다.

원준은 냉장고에서 맥주를 가지고 나와 탁자 위에 올려놓았다. 바다에서 불어오는 짠 내음이 맥주 맛과 절묘하게 이어졌다. 멀리 보이는 고기잡이배들이 그림처럼 보였다. 그 위로 갈매기들이 쉴 새 없이 날아다니고 파도 소리도 넉넉했다.

은서는 부산이 생각났다. 바다라면 신물이 났다. 그러나 대학에 들어온 뒤로 부산에 한 번도 가 본 적이 없어서인지 너무 오랜만에 보는 바다가 반가웠다.

"어때?"

"그냥 좋다."

"집이 부산이어서 바다는 지겹지 않아?"

"동해안은 다른 것 같아."

은서는 정동진 앞 바다를 멍하니 바라봤다. 언니가 생각났다. 언니 얼굴이 스쳐 지나가며 아버지 얼굴도 함께 떠올랐다.

원준은 전화기를 꺼내서 어머니에게 전화를 걸었다.

"어머니?"

"밖에 있으면 걱정하셔서."

은서는 어이가 없어서 쓴웃음이 나왔다.

마마보이.

벽에 걸린 뻐꾸기시계에서 저녁 6시를 알리는 뻐꾹 소리가 났다. 원준은 어두워지기 전에 밖으로 나가자고 했다. 은서도 바다를 좀 더 가까이서 보고 싶었고, 우선은 정동진역이 보고 싶었다.

역은 작은 집처럼 보인다. 벽면은 하얀색으로 칠해져 있고, 지붕은 빨간색 벽돌로 뒤덮여있다. 은서는 역이 귀엽다고 생각했다. 지붕 위에는 파란색 바탕에 <정동진역>이라고 쓰인 간판이 걸려있다. 역사를 보는 것만으로도 마음이 따뜻해졌다. 입구에는 정동진역에 대한 안내 표지판이 있었다.

＜정동진역(正東津驛)은 강원도 강릉시 강동면 정동진리에 있는 영동선의 철도역이다. 1962년 11월 6일에 여객과 화물을 취급하는 간이역으로 개업하였다. 이후 지속적인 인구 감소로 폐역이 고려되었으나, 드라마 모래시계에서 여주인공인 윤혜린(고현정 역)이 바닷가 간이역에서 열차를 기다리던 중 경찰에 연행되는 장면을 전철화 이전의 역사에서 촬영한 것으로 알려지면서 관광 수요가 급증하였다. 또한 이듬해, 강릉지역 무장공비 침투사건의 작전 반경에 이 역이 포함되어 언론에 자주 나왔다. 원래는 비둘기호만 정차하다가 수요가 급증하면서 새마을호까지 정차하는 주요 역으로 바뀌게 되었다.

　관광 수요가 급증하자 철도청(현 코레일)은 1996년 여객 취급을 일시 중지하고 승강장 구조를 변경, 1997년에 여객 취급을 재개하였다. 이 때문에 모래시계 촬영 때와는 역 구내 구조가 달라졌다. 가장 크게 변한 점은 바닷가 쪽에는 없던 3번 승강장이 추가되었고, 이 승강장이 바로 백사장으로 연결되어 있어서 입장권으로 역 승강장은 물론 해수욕장까지 나갈 수 있는 특이한 형태를 갖추게 되었다.

　2014년 9월 15일부터 원주–강릉선 공사와 함께 강릉역이 영업 중단되어 임시로 시, 종착역으로 운영된다.＞

　역 안에는 역무원으로 보이는 여자들이 3명이 있고, 사람들이 의자에 앉아 벽에 걸린 텔레비전을 보고 있다. 은서는 화장실 옆에 타는 곳이라고 붙어있는 문을 보았다. 끝없이 펼쳐져 있는 철도길이 보인다. 은서는 가슴이 설레기 시작했다. 이런 곳에도 기차가 다닌다는 사실이 신기하기만 했다. 철도는 길게 늘어져 있고 바다가 보인다. 바다에서 불어오는 바람은 부산과는 또 다른 청량한 냄새였다. 철둑길을 건너 바다를 가까이서 보고 싶었다. 철둑길을 건너자 황금색 인어 동상이 밀랍인형처럼 서 있다. 옆에는 하얀색으로 칠해져 있는 나무의자가 있었다.

은서는 앉아서 바다를 보았다. 수평선에서부터 밀려오는 파도는 맥주처럼 거품을 만들고 있었다. 한참을 보고 있어도 지겹다는 생각은 들지 않았다.

원준은 은서 옆에 앉았다.

"사진 찍자."

"지금?"

"여행에서 남는 게 사진밖에 더 있어?"

원준은 은서와 자리를 옮겨 다니며 사진을 찍었다. 은서는 인어 동상 앞에서 V자를 그려 보이며 포즈를 취했다. 멀리 바다가 끝나는 부분에서 기차가 들어오고 있었다. 기차는 바다 위를 달리는 것처럼 보였다.

은서는 한참 동안 기차를 바라봤다.

"기차 타자."

은서는 역 안으로 들어가 열차시각표를 보았다. 처음에는 보이지 않던 '바다열차시각표'가 보인다. 정동진역을 출발해 묵호항을 지나 종착지인 삼척역까지 가는 노선이었다. 시간도 왕복 2시간이라 적당하다고 생각한 은서는 들뜬 마음으로 말했다.

"삼척역 2장 주세요."

승무원은 빙그레 웃으며 말했다.

"죄송하지만 오늘은 운행이 끝났습니다."

은서는 아쉬운 표정을 지어보이며 바다열차시각표를 바라봤다. 하지만 기차를 본 것만으로도 기분은 좋았다.

"그만 가자. 다음에 타지 뭐."

"그래."

"기차가 그렇게 타고 싶어?"

은서는 정차해 있는 기차를 물끄러미 바라봤다. 역 안으로 사람들이 들어오고 있었다. 아빠와 엄마의 손을 잡고 있는 아이, 여행용 가방을 힘겹게 메고 있는 아주머니들, 커플티를 입고 있는 다정한 연인들. 모두가 행복해 보였다.

삼척역에서 오는 기차였구나.

은서는 정동진역에서 삼척역까지의 2시간을 상상했다. 2시간 동안 바다만 바라보고 있지는 않을 것 같았다. 분명 갈매기도 날아다니고, 어선들도 분주히 지나갈 거라고 생각했다.

은서는 갑자기 캠퍼스를 떠나버린 희수가 생각났다. 기차가 돌아오고 있었다. 희수가 기차에서 내려 역 안으로 들어올 것 같았다.

은서는 정동진역을 나와 모래사장 위를 걸었다. 저 멀리 산중턱에 커다란 여객선처럼 생긴 배가 눈에 들어왔다.

"저건 뭐야?"

"썬크루즈"

"호텔이야?"

"어."

"처음 봐?"

은서가 호텔이라는 말에 놀라더니 신기한 듯 썬크루즈를 바라봤다. 원준은 발걸음을 재촉했다. 오늘 만큼은 은서를 즐겁게 해주고 싶었다.

원준은 늘 은서를 옆에서 지켜보고 있었다. 언젠가 어머니에게 은서 이야기를 꺼낸 적이 있었다. 처음에는 어머니도 관심이 있는 것처럼 보였으나, 은서의 어머니가 안 계신다는 말을 하자 흥미를 잃은 것 같았다.

원준은 은서와 10층 스카이라운지로 올라갔다. 특이하게 원형으로 되어있는 그곳은 시계방향으로 돌아가고 있었다.

은서는 커피를 마시며 멀리보이는 동해안 수평선을 바라봤다. 막상 올라와 보니 이곳은 또 다른 세계였다. 정동진 마을이 한눈에 들어왔고 정동진역도 장난감처럼 보였다. 몇몇 사람들은 바닷가 모래사장 위를 유유히 걷고 있었다. 바로 밑은 횟집이며, 식당들이 오밀조밀 붙어있었고 방파제처럼 보이는 기다란 다리 위 끝으로 작은 배들이 보였다. 그리고 맨 끝에는 배처럼 생긴 식당이 보였다.

"저거 횟집이지? 들어가 보고 싶다."

"그렇지 않아도 갈 거야."

"비싸 보인다."

"비싸 봐야 얼마나 비싸겠어?"

은서는 배처럼 생긴 횟집이 귀여워 보였다. 은서의 얼굴을 바라보던 원준도 기분이 좋아졌다. 오늘 만큼은 마음껏 마시고 즐기고 싶었다.

두 사람은 1층 로비로 내려와 배처럼 생긴 횟집으로 들어갔다. 자리에 앉아서 바다를 보니 배 위에서 낚시를 하는 어부가 된 기분이었다.

잠시 후 원준이 주문한 활어회와 와인이 나왔다. 두 사람은 건배를 했다. 저녁이 되자 배 전체에 노란 등불이 켜지면서 분위기는 한층 더 아늑했다.

은서는 노란 등불을 바라봤다. 희수와 한결의 얼굴이 스쳐 지나갔다. 면회를 갔던 날, 방 안에서 같이 건배하던 생각이 났다. 그러나 지금은 그때와는 다른 상황이었다. 지금은 가지고 싶은 원준이 앞에 있었다.

원준은 은서의 잔에 술을 다시 따르고 건배를 제의했다. 쨍 하고 맑고 경쾌한 소리가 두 사람 귀를 맴돌았다. 마치 종소리 같았다. 멀리 등대에서는 불빛이 반짝거리더니 뱃고동 소리가 울려 퍼졌다.

"단둘이 여행 온 거 처음이야?"

원준은 고개를 끄덕였다. 은서는 그 말을 믿고 싶었고 이곳 분위기 때문인지 빠르게 취해가고 있었다. 원준의 얼굴이 홍당무처럼 빨개져 있는 것이 귀엽다는 생각이 들었다. 은서는 더 취하기 전에 확인하고 싶은 것이 있었다.

"내가 안 간다고 하면 어떡하려고 했어?"

원준은 술잔을 들다가 은서를 바라봤다.

"글쎄."

"나 좋아해?"

"……."

"왜?"

원준은 갑작스런 질문에 적당한 말이 생각나지 않았다.

은서와 원준은 횟집에서 마련해 준 승합차를 이용해 별장으로 돌아왔다. 원준도 많이 취했지만 은서도 몸이 점점 무거워졌다.

원준은 샤워라도 해야겠다고 말하며 화장실로 들어갔고, 은서는 바다가 보이는 방 안으로 들어가 스탠드 불을 키고 창문을 열었다. 또 다시 파도 소리가 들리고 바다 냄새가 콧속으로 깊게 들어왔다. 바닷바람을 눈을 감은 채 음미하고 있던 은서는 차츰 술이 깨는 것 같았다.

샤워를 마친 원준이 화장실에서 나왔다. 원준은 타월만 걸치고 있었다. 은서는 고개를 다시 바다로 돌렸다. 은서는 원준이 가까이 다가와 있음을 느낄 수 있었다. 은서는 조용히 눈을 감았다.

원준은 은서의 등을 포근히 감싸 안으며 창문을 닫았다. 은서는 가슴이 뛰기 시작했다. 의식은 있으나 몸을 움직일 수가 없었다.

원준은 걸치고 있던 타월을 벗었다. 은서는 입고 있던 청바지와 검은색 팬티를 벗었다. 스탠드 불은 꺼지고 두 사람은 침대 위로 낙엽처럼 살포시 누웠다.

"날 사랑해?"

은서가 원준의 귀에 대고 말했다.

"처음부터 널 사랑했어."

은서는 원준의 말이 진심이기를 바라며 조용히 눈을 감았다. 원준은 거친 숨소리를 내며 은서의 깊숙한 곳으로 들어가기 시작했다. 원준은 은서의 입술과 젖가슴을 천천히 음미했다. 은서는 원준의 허리를 다리로 감싸 안으며 깊은 곳으로 들어올 수 있도록 허락했다. 오른손으로는 원준의 엉덩이를 잡아당겨 밀착시키고, 왼손으로는 원준의 어깨를 감싸 안았다.

넣어 줘. 깊게. 더 깊게…….

은서의 희미한 신음소리와 원준의 거친 숨소리가 파도 소리와 함께 섞이며 바다로 향해 끝없이 울려 퍼졌다. 정동진의 밤은 하얗게 깊어 가고 있었다.

# 캠퍼스는 추억을 먹고 산다

희수가 집으로 내려온 지도 한 달이 지나가고 있었다. 어머니는 희수가 채소장사를 하겠다고 했을 때 심하게 반대했다. 희수는 어머니의 건강이 회복되면 학교로 가겠다고 했고 어머니도 더 이상은 반대할 수 없었다. 그 사이 어머니의 건강은 많이 호전되었다. 혼자 걷는 것도, 외출도 가능했다. 어머니는 가끔 장사 일로 아침 일찍 도매시장을 갔다 왔는데 힘에 부치는 건 어쩔 수가 없었다.

희수는 최선을 다해 어머니를 도왔다. 덕분에 어머니 혼자 장사했을 때보다 매출은 2배 이상으로 올라갔다.

저녁 10시가 넘었다. 가게 정리를 마친 희수가 대충 씻고 방으로 들어왔다. 어머니는 된장찌개를 보글보글 끓여서 희수 앞에 차려놓았다. 희수는 된장찌개를 한입 떠먹고 어머니를 보며 미소를 지었다.

"역시! 우리 어머니 된장찌개 솜씨는 최고야."

"시간이 늦었다. 배고플 텐데 어서 먹어라."

희수는 숟가락을 쥔 오른손으로 엄지손가락을 높이 들어보였다. 반찬은 김치와 두부조림이 전부였지만 세상 그 어디에서도 맛볼 수 없는 어머니의 저녁은 늘 최고였다. 희수는 어머니 된장찌개만 있어도 세상 부러울 것이 없었다. 희수는 허겁지겁 밥을 먹어치웠다.

"천천히 먹어."

어머니가 물을 가지고 왔다.

"저번에 병원에 왔던 여자 친구는 계속 연락하니?"

"누구?"

"노은서라고 했던가?"

"은서요?"

"그래."

"은서는 친구에요."

어머니는 컵에 물을 따르고는 넌지시 희수 얼굴을 바라봤다. 희수는 어머니가 은서 이야기를 꺼낸 것이 의아스러웠다.

"마음에 드세요?"

어머니는 빙그레 미소를 띠고 고개를 끄덕였다. 희수는 저녁상을 치우고 밖으로 나왔다. 옆집 녹두빈대떡집 아저씨가 문을 닫고 있었다. 아저씨가 손을 흔들자 희수도 고개를 숙여 인사를 했다. 어디선가 생선비린내와 건어물 냄새가 코를 찔렀다. 날씨도 선선했고 오랜만에 걷고 싶어졌다. 시장 밖에서 횡단보도만 건너면 바로 개천이었는데 옛날에 비해 물이 말라 있었다. 그러나 주변에는 가로수를 정비해서 꽃들도 여기저기 피어있었고 산책하기에는 손색이 없었다. 희수는 바지 주머니에서 담배를 꺼내 입에 물었다.

가로등 불이 띄엄띄엄 켜져 있는 사이로 사람들이 스쳐 지나가고 있었다. 조깅하는 사람, 개를 끌고 나온 사람, 산책하는 사람.

희수는 아직도 은서의 모습이 눈에 선했다. 늘 마음에 걸렸다. 바지 주머니에서 전화기를 꺼내 만지작거리다가 은서에게 전화를 걸었다. 낯선 여자의 친절한 목소리가 흘러 나왔다.

'지금 거신 전화번호는 없는 전화번호이오니 다시 한 번 확인 후 ......'

여름이 가고 있었다. 내일은 한결이 제대를 하는 날이었다. 한결은 오늘 대대장에게 전역신고를 무사히 마치고 왔다. 모두들 훈련을 하러 나간 내무반은 텅 비어 있어 썰렁했다.

한결은 침대에 누워 천장을 올려다보다가 눈을 감았다. 지난 군대 생활이 주마등처럼 스쳐 지나갔다. 내일이라도 희수와 은서를 만날 생각을 하니 가슴이 벅차올랐다.

한결은 인사계와 선임하사들과 아침을 먹은 후에 부대를 나왔다. 인사계가 춘천티미널까지 바레다주었고, 그 후에 한결은 수원행 버스로 갈아탔다. 희수와 은서와 같이 왔던 길을 다시 돌아간다고 생각하니 이상한 기분이 들었다.

차창 밖 풍경들은 2년 전에 보았던 것과 변한 것이 없었다. 오직 한결이 자신만 변한 것 같았다. 왠지 낯설었다. 사람들도, 집들도, 나무들도 한결은 저녁 8시가 되어서야 기숙사에 도착했다. 얼굴을 알아보는 선배들과 동아리 친구들이 스쳐 지나가며 눈인사를 건넸다.

한결은 곧장 방으로 올라갔다. 방 안에는 처음 보는 학생이 있었다.

"죄송합니다. 군대 가기 전 이 방을 쓰던 사람입니다."

"혹시 방을 잘못 찾으신 거 아닌가요?"

"아닙니다. 혹시 영문학과 김희수라고 아세요?"

"모르겠는데요."

한결은 생활지원센터로 내려왔다. 희수는 2학년을 마치고 기숙사를 나간 상태였다. 희수가 왜 휴학을 했는지 아는 사람은 아무도 없었다. 당장 희수에게 전화를 하고 싶지만 한결은 아직 전화기가 없었다.

한결은 생활지원센터로 다시 들어갔다. 그리고 인터폰으로 은서에게 전화했다.

"휴가 나온 거야?"

"아니야. 오늘 제대했어."

"제대?"

"몰랐구나?"

"미리 연락 좀 하지."

"아직 전화기가 없어서."

"전화기?"

은서는 깜짝 놀라 바지 주머니에서 전화기를 꺼냈다. 전화번호를 바꾼 후 지금까지 희수에게 알리지 않았다는 것을 깨닫자 그 사실이 믿어지지 않았다.

내가 희수를 잊고 있었다니.

"미안해."

"아니야. 그런데 희수는 어떻게 된 거야?"

은서는 그동안에 있었던 일들을 한결에게 이야기했다. 한결은 이해한다는 표정이었지만 궁금증이 많아 보였다.

한결은 은서의 전화기로 희수에게 전화를 했다. 한결의 목소리를 듣고 놀라기는 희수도 마찬가지였다. 한결은 조만간 대전으로 내려가겠다는 말을 남기고는 전화를 끊었다.

한결은 은서와 밖으로 나갔다. 예전에 자주 가던 주점은 여전히 그 자리에 있었다.

한결은 2학기가 시작되면서 기숙사 방을 옮겼다. 룸메이트는 아직 없었고 모든 것이 낯설었다. 한결은 복학을 해서 2학년이었지만 은서는 졸업을 앞둔 4학년이었다. 한결은 군대에 갔다 온 2년이 길었다는 생각이 들었다.

한결이 그렇게 생각한 이유는 또 있었다. 한결이 식당에서 밥을 먹고 있을 때, 예전 연극동아리에서 같이 활동했던 여자 후배를 우연히 만났다. 후배는 커다란 가방을 의자에 내려놓았다.

"선배, 오랜만이네."

후배는 의자에 앉으며 한결에게 손을 내밀어 악수를 청했다.

"군대는 제대한 거예요?"

"어."

"축하해요."

"축하는 뭘!"

"여긴 웬일이야?"

후배는 가방에서 우유와 햄버거를 꺼냈다. 후배는 얼마 전 휴학을 했고 기숙사에 짐을 가지러 왔다고 했다.

"휴학은 왜 했어?"

"그냥. 휴학생 타이틀이라도 가지고 있어야지……."

"무슨 말이야?"

"어차피 졸업해도 백수생활 할 건데, 휴학생 타이틀이라도 가지고 있어야죠."

한결은 후배의 말이 무슨 뜻인지 쉽게 이해할 수 없어서 얼굴만 빤히 바라봤다.

"다음 주 네덜란드 가요."

"왜?"

"워킹홀리데이."

"워킹홀리데이?"

"네."

"그게 뭐야?"

후배는 방긋이 웃으며 햄버거 포장지를 벗겨냈다.

"워킹홀리데이가 체결된 국가끼리 1년 동안 체류하면서 관광도 하고 취업도 하고 어학연수도 하고요. 1석 2조에요."

"그걸 왜 해?"

후배는 햄버거를 한입 베어 물고는 워킹홀리데이 홍보책자를 한결 앞에 놓았다.

"선배가 군대 갔다 와서 잘 모르는구나. 요즘 취업 장난 아니에요. 자격증 따기, 토익점수 올리기 같이 스펙을 최대한 많이 쌓아야 해요."

"스펙?"

"공모전에 나가서 상 받으면 수상경력에도 포함돼요."

"그런 걸 왜 하는 거야?"

"나중에 취업할 때 가산점에 포함돼요. 봉사활동 같은 거 해서 수료증 받아도 좋고요."

한결은 후배의 말에 머리가 터질 것 같았다. 도대체 이게 다 무슨 말인지 이해할 수 없었다. 후배는 햄버거를 다 먹은 후 자리에서 일어나 밖으로 나갔다.

한결은 식당을 나와서 운동장으로 걸어갔다. 먹은 것이 체한 느낌이었다.

세상이 변해도 너무 많이 변했다.

한결은 자기도 모르게 한숨이 나왔다. 멀리 광교산 꼭대기가 붉은 노을로 빨갛게 변해있었다.

한결은 종합강의동 앞에서 담배를 피우고 있었다. 그때 은서가 원준과 주차장 쪽으로 걸어가고 있었다. 다정해 보였다.

한결은 다시 두 눈을 크게 뜨고 기둥 뒤로 몸을 숨긴 채 두 사람을 바라봤다. 예전에 보았던 원준의 하얀색 아우디에 은서가 타고 있었다. 시간이 지날수록 은서와 원준이 같이 있는 모습은 어디서든 쉽게 볼 수 있었다.

한결은 휴게실에서 은서를 만났다.

"적응이 됐어?"

"그럼."

"희수가 없으니 이상하지?"

"조금."

"나도 한동안 그랬어."

한결은 잠시 고개를 돌려 창밖을 보다가 은서에게 넌지시 말했다.

"원준이하고는 언제부터 친했어?"

"……."

은서 눈빛이 잠시 허공을 맴도는 듯 했다. 한결도 막상 질문을 하고나니 이상하다는 생각이 들었다. 은서는 말이 없었다. 커피가 들어있는 종이컵을 만지작거리고는 한결을 보며 말했다.

"누가 우리보고 친하대?"

"그냥 그렇게 보여서."

"원준이는 동창이잖아. 그게 다야."

"그래."

"우린 4학년이고, 넌 2학년이래서 그럴 거야."

"그렇긴 하겠다."

"강의 시간이 안 맞잖아."

"그러게."

한결은 더 이상 물어 볼 용기가 없었다. 아니 그보다도 물어야 할 이유가 없었다.

한결은 다음 주에 희수를 만나러 대전에 내려간다고 말했다. 한결은 은서에게 같이 가자고 했으나 은서는 시간이 없다고 했다. 예전 같으면 당연히 같이 간다고 했을 텐데. 은서도 이젠 옛날 같지 않다는 생각이 들었다.

며칠 후, 한결은 대전터미널에 도착했다. 저녁 6시가 지나가고 있었다. 한결이 버스에서 내리자 희수가 마중 나와 있었다. 두 사람은 얼싸안으며 잡았던 손을 쉽게 놓지 못했다.

"도대체 얼마만이냐?"

"그러게."

"편지 자주 못해 미안하다."

"별소릴 다 하네."

희수는 터미널 근처 삼겹살집으로 한결을 데리고 갔다. 무슨 말부터 해야 할지 몰랐다.

"어머니는 어떠셔?"

"많이 좋아지셨어."

"다행이다."

"장사는 잘 되냐?"

"그냥."

"다시 돌아오니 어떠냐?"

"네가 없는데 재미가 있겠냐."

"은서는 잘 있어?"

"4학년 졸업반 아니냐. 바쁜가 봐."

"벌써 그렇게 됐나."

희수는 4학년이라는 숫자가 낯설고 생소했다. 한결은 은서와 원준 이야기를 해야 할까, 말아야 할까 고민이었다. 그러다 곧 술을 몇 차례 마신 후 이야기를 하고 말았지만 희수의 반응은 의외였다.

"섭섭했냐?"

"섭섭하긴, 뭐! 그냥 그렇다는 거지."

"우리가 은서 애인이라도 되냐?"

"그렇지! 우린 친구지."

"몰랐지?"

"뭘?"

"은서는 처음부터 원준이 좋아했어."

한결은 덧니를 보이며 희수의 말을 곰곰이 생각했다.

"솔직히 우리 같은 찌질이보다야 원준이가 훨씬 낫지."

"뭐가?"

"돈이 많잖아."

"돈?"

"그래. 돈."

한결은 돈이라는 말에 쓴웃음이 나왔다. 한결은 술잔을 손에 쥔 채 한참을 웃었다. 희수와 한결은 밤새워 이야기하며 옛날로 걸어가고 있었다.

캠퍼스의 축제 분위기는 고조되고 있었다. 이번에는 초청가수로 '싸이'가 온다는 소문이 나돌고 있었다. 영문학과도 2, 3학년을 중심으로 주점을 만들어 장사를 한다는 이야기가 있었다. 하지만 은서는 졸업을 앞둔 4학년이었다. 축제를 즐길 여유가 없었다. 한결도 등록금 마련 때문에 축제를 마음 편하게 즐길 여유가 없는 건 마찬가지였다.

한결은 편의점 아르바이트를 시작했다. 등록금을 마련하려면 단 하루도 쉴 수 없었다.

축제가 시작되었다. 각 학부에서 준비한 축제 이벤트에 학생들이 모여들기 시작했다. 축제는 학생들만의 것이 아니었다. 수원에서도 사람들이 제일 많이 찾는 광교산이 붙어 있어서 등산객들도 많이 찾아왔다.

어디를 가나 막걸리, 빈대떡, 파전, 도토리묵을 파는 주막들이 넘쳐났다. 학생들이 비싸게 팔아도 등산객들은 아낌없이 지갑을 열었다. 저녁이 되자 축제는 더욱 화려해지고 시끄러워지기 시작했다.

한결은 호연관 편의점에서 창밖을 물끄러미 바라봤다. 처음에는 시끄러운 음악소리가 귀에 거슬리더니 점점 편하게 들려왔다. 근무시간은 저녁 6시부터 다음 날 6시까지였다. 그 시간은 축제가 제일 재미있고, 친구들과 어울리기 좋은 시간대였다. 하지만 한결은 축제를 구경하는 것만으로도 흥미로웠다.

한결은 1학년 때 축제가 생각났다. 그때는 희수도 은서도 옆에 있었다. 그때를 생각하니 쓴웃음이 나왔다. 담배를 꺼내 밖으로 나갔다. 축제가 시작되면 편의점에도 학생들이 많이 올 것 같았지만 오히려 뜸했다. 야외 테라스 의자에 앉아 바지 주머니에서 담배를 꺼냈다. 편의점은 높은 곳에 있어서 캠퍼스를 한눈에 볼 수 있었다. 강당 옆 노천극장에서 학생들이 공연하는 모습은 마치 영화를 보는 것 같았다.

"알바 시작했구나?"

"일주일 정도 됐어."

"축제는 재미있어?"

"재미는 뭘."

"싸이가 온다고 하더라. 그래서 축제 이름이 '덩실덩실'이래."

원준은 축제에 관심이 없어 보였다. 은서는 원준과 뮤지컬을 보러 간다고 했다. 두 사람은 어둠을 헤치고 눈앞에서 사라졌다.

기말고사가 끝나고, 겨울이 왔다. 한결은 겨울방학 동안에도 편의점 일을 계속했다. 하지만 3학년 1학기 등록금을 해결하기에는 턱없이 부족했다. 한결은 혼자 방에 들어와 계산기를 두드리고 또 두드려 보았지만 끝이 보이지 않았다. 어쩌면 처음부터 편의점 아르바이트로는 해결하기 힘든 일이었는지도 몰랐다. 용기를 내어 전화기를 만지작거리다가 결국 춘천에 있는 형에게 전화를 걸었다.

"형."

"웬일이냐?"

"잘 지내?"

"그래."

"형수하고 누나는?"

"다 잘 지내."

"추워서 큰일은 이제 없겠네?"

"그렇지 뭐."

"어쩐 일이냐?"

"아니야. 그냥 잘 지내는지 궁금해서."

"싱겁기는. 집에 한번 와라."

"알았어."

한결은 전화를 끊었다. 농사일로 매년 쪼들리며 살아가는 형에게 등록금 이야기는 할 수 없었다.

수강신청 기간이 이틀 앞으로 다가왔다. 며칠 동안 고민을 한 한결은 결단을 내려야겠다고 생각했다. 결론은 휴학이었다. 방법이 없었다. 한결도 희수와 다르지 않았다. 한결은 아침을 대충 먹고는 휴학계를 제출하고 짐을 정리했다. 오히려 휴학계를 제출하고 나니 마음이 홀가분했다. 우선 춘천 집으로 갈까 하다가 희수가 생각났다. 희수와 이야기가 하고 싶었던 한결은 오전 시간이기는 하지만 전화를 걸었다.

"여보세요."

한결은 아무 일도 없었던 것처럼 태연하게 말했다.

"웬일이야?"

한결은 희수 목소리를 듣자 목이 메여왔다.

"무슨 일이야?"

"오늘 휴학계 냈다."

"휴학계. 왜?"

한결은 자세한 건 만나서 이야기하자고 했고 희수도 답답했지만 대전으로 내려오라고 했다. 한결은 짐을 꾸려 밖으로 나왔다. 짐이라고 해 봤자 가방 2개가 전부였다. 한결은 여학생동 출입문을 바라봤다. 은서도 한 달 전 부산 언니 집에 간다며 기숙사를 떠났다. 밖으로 나와 버스정류장으로 걸어가던 한결이 뒤를 돌아보니 기숙사가 한눈에 들어왔다. 앞으로 다시는 돌아오지 못할 것 같은 예감이 들었다. 기숙사는 처음 입학하던 날처럼 묵묵히 그 자리에 서 있었다.

대전터미널에 도착한 시간은 오후 3시가 지나서였다. 한결은 택시를 타고 중앙시장으로 향했다.

"어떻게 된 거야?"

"바쁜 것 같은데 저녁에 이야기 하자."

희수는 한결을 어머니에게 인사 시키고 밖으로 나갔다. 한결은 희수가 장사하는 모습을 옆에서 지켜보고 있었다.

"장사꾼 다 됐다."

희수는 가게를 한결에게 맡기고 급하게 배달을 갔다. 한결은 장사일이 어려울 것 같지 않았다. 어차피 채소들 앞에 가격표가 붙어있었기 때문이었다. 한결은 희수가 없는 사이 채소를 3만원어치 이상 팔았다.

"제법인데?"

"나도 농사꾼 출신 아니냐."

희수는 한결과 함께 근처 순댓국집으로 갔다.

"앞으로 어떻게 할 거야?"

"글쎄. 아직 잘 모르겠어."

"계획은 있고?"

"아니. 너밖에 생각나는 사람이 없더라."

"잘 왔다."

"그래서 말인데 여기서 야채장사나 도울까?"

"뭐?"

"너 혼자 하는 것보다야 훨씬 낫지."

희수는 웃음이 나왔다. 하지만 어찌 보면 그냥 웃을 일은 아니었다. 휴학을 하고 떠난 사람은 자신 한 명이면 충분하다고 생각했다.

다음 날 어머니는 순댓국집에 이야기해서 작은 방 하나를 구했다. 한결은 오랜만에 가족의 정감을 느꼈다.

한결은 다음 날부터 도매업체에 가서 채소를 떼어 오는 일을 시작했다. 처음에는 익숙지 않은 탓에 오토바이가 미끄러져 배추나 무 등을 망가뜨리는 일이 여러 번 있었지만 날이 갈수록 익숙해지기기 시작했다. 희수도 예전에 비하면 한결과 함께 하는 장사가 훨씬 수월했고 아침에 문을 일찍 열 수도 있었다. 배달도 수월해서 매출은 날이 갈수록 올라가기 시작했다. 인근 상점들과 도매상 사장들에게도 희수네 가게는 인기가 좋았다. 어느 날부터 주변에서는 가게 이름을 '총각네 야채가게'라고 부르기 시작했다. 그래서 간판을 이참에 '총각네 야채가게'로 바꾸어 버렸다. 신기하게도 간판을 바꾸기 시작하면서 장사는 더욱 더 잘 되기 시작했다. 금요일이나, 토요일 같은 경우는 아침에 가져온 채소들이 오후 4시 정도면 바닥이 날 정도였다.

변화는 또 있었다. 낡은 오토바이를 버리고 조그만 미니밴을 구입했다. 중고차이기는 했지만 채소들을 실어 나르기에는 부족함이 없었다.

한결은 채소를 떼어오는 곳을 인근 도매업체에서 '오정동 농수산시장 청과물센터'로 바꾸었다. 대전에서 가장 큰 시장이라 그만큼 가격도 저렴했고 싱싱했다.

화요일 아침, 한결은 서둘러 청과물센터로 향했다. 어제 저녁 미리 준비한 구매목록을 바지 주머니에서 꺼냈다. 배추, 무, 가지, 양배추, 당근 등이었다. 한결은 '형제상회'에 들러 배추, 무, 양배추를 샀다.

"이렇게 많이 필요해?"

"그럼요."

형제상회 사장은 믹스커피와 종이컵을 들고 나와 탁자 위에 올렸다.

"장사는 잘 되지?"

"똑같아요."

"희수는 잘 있고?"

"네."

"총각네 야채가게가 장사 잘 된다고 여기까지 소문났던데?"

"정말요?"

"그럼 내가 거짓말 하겠어?"

사장은 커피포트를 들고는 종이컵에 물을 따랐다.

"마셔."

"감사합니다."

"젊은 사람들이 고생이 많아."

"뭘요."

한결은 사장이 준 커피를 들고 나왔다. 오른손에는 배추, 무, 양배추를 실은 끌차를 잡고 있었고, 왼손에는 커피가 들어있는 종이컵을 들고 있었다. 한결은 끌차가 무겁게 느껴졌다. 평상시보다 배추를 많이 산 것도 그 이유였다.

덜그럭거리는 끌차가 생각처럼 움직여 주지 않았다. 한결은 오른손에 더욱 힘을 주고 밀었다. 앞으로 가야 하는데 끌차는 자꾸만 오른쪽으로 향했다. 한결은 손에 더욱 힘을 주었다. '제일상회' 간판이 보인다. 입구에는 감자 그림이 그려진 상자들이 쌓여있었다.

감자도 사야겠다고 생각한 한결은 오른손에 더욱 힘을 줘 끌차를 힘껏 밀었다. 그런데 너무 힘을 준 탓인지 끌차의 앞부분이 쌓여있는 상자들을 건드리며 한꺼번에 무너졌다.

"악!"

한결은 상자를 피하려다 넘어졌고 무너져 버린 상자 안에서 감자들이 튀어나와 땅바닥에 나뒹굴었다. 제일상회 사장이 놀란 눈으로 뛰쳐나왔다.

"아이구! 이게 웬일이야?"

건너편에 형제상회 사장도 놀라서 뛰어왔다.

"괜찮아?"

한결은 두 손을 짚고, 허리에 힘을 주었다.

"네. 괜찮아요."

"조심하지!"

사장들은 한결의 양쪽 팔을 잡고 부축했다.

"윽!"

"왜 그래?"

제일상회 사장이 놀란 눈으로 입을 크게 벌렸다.

"다리가 이상해요."

"뭐?"

한결은 겨우 돌아누워 바지를 무릎까지 올렸다. 오른쪽 발목이 빨갛게 부어올랐다.

"이거! 부러진 거 아냐?"

형제상회 사장은 바지 주머니에서 전화기를 꺼내더니 119에 전화를 걸었다. 구급차는 10분도 되지 않아 청과물센터 입구에 도착했다. 두 사장은 걱정스런 눈빛으로 한결의 뒷모습을 바라봤다. 한결은 갑자기 끌차에 실었던 청과물들이 생각났다.

"사장님. 내 배추, 무, 양배추는 어떻게 됐죠?"

"아이고! 이 사람아, 지금 그게 문제야?"

"그래도……."

"걱정 마! 내가 잘 보관할 테니."

형제상회 사장이 한결의 손을 잡고는 걱정스런 얼굴로 바라봤다. 구급차는 가장 가까운 인근 병원으로 향했다. 한결은 응급실에 도착해 X-RAY를 찍고 깁스를 했다. 다행히 뼈에는 이상이 없었다.

깁스를 한 한결은 침대에 누웠다. 한 달 동안은 일을 할 수 없다는 말에 눈앞이 캄캄했다.

큰일이네.

한결은 또 다시 엎어버린 채소가 생각났다. 한숨이 저절로 나왔다.

"한결아!"

희수가 응급실 문을 급하게 열고는 한결이 누워 있는 침대 옆으로 다가왔다.

"괜찮아?"

"어. 내가 누구냐?"

"조심하지."

"어제 꿈자리가 안 좋더라."

"형제상회 사장에게서 이야기는 들었다."

"배추, 무, 양배추는 어떻게 하냐?"

"지금 그게 문제냐?"

희수는 깁스를 하고 누워 있는 한결의 다리를 보자 서러움이 북받쳐 올라왔다. 목소리가 떨려왔다.

"자식! 조심하지."

한결은 애써 생글생글 웃으며 희수의 손을 잡았다.

"누가 죽냐?"

"그래도 임마!"

"뼈는 이상 없으니 걱정 마."

희수는 의자를 가져다 한결의 옆에 앉았다. 한결이 이렇게 된 것이 모두 자신 때문인 것 같았다. 응급실 안쪽에서 한결의 이름을 부르는 간호사 목소리가 들려왔다. 그 목소리는 차갑고 낯설었다.

# 아스팔트 위에서 지는 꽃들

　은서는 며칠 전 모든 학사 일정이 끝났다. 학과장실에 인사를 하러 들렀는데 그 이유가 있었다. 마음에 들진 않았지만 학과장이 'LK그룹'에 은서의 추천서를 써 주었기 때문이었다.

　며칠 후, 은서는 원준 어머니에게 점심식사 초대를 받았다. 은서는 좋은 기회라고 생각했다. 은서는 원준과 정동진으로 밀월여행을 다녀온 이후에 자신감이 생겼다. 적어도 원준을 자신의 남자로 만들 용기가 있었다.

　며칠 전, 미용실에 가서 머리를 손질하고, 백화점에 가서 옷과 핸드백도 장만했다. 원준도 기대가 커 보였다. 장소는 '과천서울대공원' 근처에 있는 한정식당이었다.

　원준은 2층으로 올라가며 말했다.

　"편하게 해."

은서는 원준 옆자리에 앉았다.

"안녕하세요."

"오느라고 힘들었죠?"

"아니요."

은서는 다시 고개를 숙이며 앞에 있는 탁자 위를 내려다보았다. 알 수 없는 적막감이 휘돌고 있었다. 곧 음식들이 나왔지만 은서는 음식이 하나도 눈에 들어오지 않았다.

"이름이 노은서 맞죠?"

"네."

원준 어머니는 수건으로 손을 닦으며 은서의 얼굴을 바라봤다. 은서는 무의식적으로 원준을 바라봤다.

"집이 어디에요?"

"부산입니다."

"부모님은 뭘 하세요?"

"어머니는 안 계시고요 아버지는……."

"형제는?"

"위에 언니가 한 명 있습니다."

은서는 말을 끝내고나서 원준을 다시 보았다. 눈이 마주쳤지만 원준은 아무 말이 없었다. 뭔가 할 이야기가 있는 것 같은 원준 어머니는 계속 머뭇거리고 있었다. 은서는 용기를 냈다.

"궁금하신 것 있으시면 물어보세요."

원준 어머니는 몇 가지 질문을 더 했지만 은서는 어떤 대답을 했는지 기억이 나지 않았다.

"많이 들어요."

은서는 정신이 하나도 없었다. 어느덧 식사가 끝나가고 있었고 원준 어머니는 다른 약속이 있다며 자리에서 일어났다. 원준은 은서를 기숙사에 내려주고 집으로 돌아갔다.

은서는 호연관으로 갔다. 호연관 옆 땅콩처럼 생긴 정자에는 귀룡 분수가 여전히 분수를 내뿜고 있었다. 희수와 한결의 얼굴이 떠올랐다. 혼자 앉아 있는 모습이 바보 같다는 생각이 들었다. 분수에 대고 '김희수, 박한결'이라고 나지막이 소리 내어 불러보았다. 대답 없는 귀룡분수만이 물줄기를 내뿜고 있었다.

은서는 부산 언니 집에 머문 지 두 달을 넘기고 있었다. 언니는 어려서부터 은서에게 엄마 같은 존재였다. 언니는 어린이집에서 보육교사를 하고 있었다. 은서는 졸업이 불과 한 달 정도 남아 있었고, 부산에서 직장 생활을 할 생각은 전혀 없었다.

"취업 준비는 잘 되니?"

"대기업에 이력서는 넣었어."

은서는 취업보다도 원준 얼굴이 먼저 떠올랐다. 은서는 원준에게 전화를 했다.

"만나."

"언제?"

"금요일 서울로 올라갈게."

은서는 약속 장소인 청담동 사거리에 있는 스타벅스에 들어갔다.

먼저 온 원준은 커피를 마시고 있었다.

"부산은 어때?"

"서울보다야 나쁘지."

"앞으로 뭐 할 거야?"

원준은 알 수 없는 미소를 지으며 말했다.

"나 유학가."

"유학?"

"어."

"입학할 때부터 엄마와 약속한 거야."

"어디로 가?"

"미국 아니면 호주."

"얼마나 있다가 오는데?"

"글쎄. 아직 잘 모르겠어."

유학 이야기에 은서는 가슴이 뛰기 시작했다. 예전에도 들어서 대충은 알고 있었지만 현실이 되자 묘한 기분이 파동 치는 것 같았다. 원준은 다음 달에 해외로 들어간다고 했다. 은서는 더 이상 시간이 없음을 직감했다. 돌려 말할 기분도 아니었다.

"할 말 있어?"

"……."

원준의 갑작스런 질문에 은서는 올 것이 왔다는 느낌이었다. 하지만 막상 무슨 말을 해야 할지 입에서 맴돌기만 했다. 은서는 더 이상 되돌아갈 길이 없음을 직감했다.

"원준아."

"이야기 해."

"정동진 여행 갔을 때 기억나?"

"……"

"진심이었어?"

"무슨?"

"날 사랑한다고……"

"사랑?"

원준은 자세를 고치더니 천장을 올려다보았다. 은서는 침이 고였
다. 원준을 바라보며 아무렇지 않은 듯 침을 삼키며 말했다.

"너하고 결혼하고 싶어. 진심이야."

"결혼?"

원준은 놀라는 표정이었다가 이내 무표정한 얼굴로 변했다. 은서
는 마지막으로 원준을 잡고 싶었다. 자존심은 이미 없었지만 정동진
에서 있었던 하룻밤 일을 빌미로 잡고 싶은 생각은 처음부터 없었
다. 그렇게 믿고 싶었다. 처음엔 원준의 집안 배경과 모든 것들이 부
러웠던 것은 사실이었다. 부산에서 태어나 자라온 자신의 배경과 삶
들을 비교한다면 너무도 초라하고 비참했다. 하지만 아니라고 애써
부인하고 싶었고 인정하고 싶지 않았다. 시선을 어디에 두어야 할지
몰라 은서는 탁자 위 커피 잔만 바라봤다.

창밖만 바라보던 원준이 바지 주머니에서 뭔가를 꺼냈다. 하얀 봉
투였다.

"얼마 안 돼."

"이게 뭐야?"

"그냥. 내 성의야."

"성의?"

"우린 아직 결혼하기에는 너무……."

원준은 말을 이어가지 못했다. 은서는 봉투 안에 들어 있는 것이 돈이라고 직감했다. 은서는 탁자 위에 올려놓은 봉투를 계속 응시했다. 무슨 말을 해야 할지 생각이 나지 않았다. 몸을 움직일 수가 없었고 고개를 들 수도 없었다. 은서는 고개를 들어 원준의 얼굴을 똑바로 바라 볼 용기가 나질 않았다. 눈앞이 핑 돌았다.

은서는 원준이 밉다거나 야속하다고 생각하지 않았다. 단지 자신이 세상에서 제일 냄새나고 더러운 구정물로 가득 찬 지하터널을 걷고 있는 것 같은 기분이었다. 술집 작부 같다는 생각도 들었다.

은서는 겨우 정신을 차리고 힘을 내서 봉투를 원준 앞으로 내밀었다.

"적어서 그래?"

은서는 원준의 목소리를 듣는 순간 모든 것이 끝났다고 생각했다. 갑자기 희수 얼굴이 스쳐 지나갔다.

"돈이야?"

"뭘 줄 알았어? 이 정도면 내 성의는 충분하다고 생각하는데……."

"우리 사이가 이 정도밖에 안 되는 거야?"

"우리 사이? 우리 사이가 뭔데?"

은서는 더 이상 원준을 마주보고 앉아 있을 수 없었다. 앉아 있을 이유도 없었다. 은서는 코트를 들고 일어났다. 손이 부들부들 떨려왔다. 탁자 위의 봉투가 유난히도 크게 보였다.

은서는 가방을 어깨에 메고 카페를 나왔다. 등 뒤에서 원준의 목소리가 희미하게 들려왔다.

"노은서. 그냥 가면 어떡해."

겨울의 찬 공기가 코트 안으로 비집고 들어왔다. 찬 공기만큼이나 빽빽이 서 있는 빌딩들과 사람들이 추워 보였다.

은서는 사람들과 어깨를 부딪치며 청담역 1번 출구로 내려갔다. 갑자기 눈물이 흘러 내렸다. 사람들이 모두 자신을 보고 있는 것 같았다. 어디든 숨을 곳이 필요하다고 생각했다. 눈앞에 '북스리브로'라고 쓰인 대형서점 간판이 보였다. 은서는 무작정 안으로 들어가 화장실을 찾은 뒤 문을 걸어 잠갔다. 참았던 눈물이 쉴 새 없이 흘러내렸다. 원준이 밉다는 생각이 들지 않았다. 야속하고 더럽고 치사하다는 생각도 없었다. 그냥 눈물이 흘러내렸다. 입고 있는 옷들이 모두 누더기 같다는 생각이 들었다. 화장실만큼이나 냄새나고 더럽다는 생각이 들었다. 은서는 변기에 앉아 한참을 울고 나니 기분이 풀리는 것 같았다. 희수와 한결이 생각났다. 당장이라도 보고 싶었다. 두 사람 앞에서 크게 소리 내어 울고 싶었다.

은서는 서점을 나와 지하철을 타고 곧장 서울역으로 향했다. 부산이 따뜻할 것 같다는 생각이 들었다. 언니 얼굴이 눈앞에서 아른거렸다.

# 졸업 그리고 졸업

은서의 전화기에는 졸업과 관련된 문자가 계속 오고 있었다. 졸업 예복도 신청해야 하고 정리해야 할 일이 생겨났다. 은서는 며칠 전 기숙사로 돌아왔다. 졸업을 앞두고 잠시나마 거처할 곳이 필요했다. 다행히 후배와 당분간 같이 있기로 했다. 예전부터 은서를 너무도 잘 따르는 후배다. 졸업이 3일 앞으로 다가왔다. 오늘은 후배들과 저녁을 먹기로 한 날이었다. 은서는 졸업 준비를 모두 마치고 나서야 홀가분해졌다.

"선배!"

"어?"

"무슨 생각해요?"

은서는 창밖을 바라봤다. 캠퍼스가 보고 싶어졌다. 3일 후 졸업을 하면 다시는 이곳에 못 올 것 같은 생각이 들었다.

"잠깐 밖에 좀 나갔다 올게."

은서는 코트를 입고 기숙사를 나왔다. 4년 전 입학식을 했던 강당으로 갔다. 입구에는 <2017년 경한대학교 졸업식>이라고 쓰인 현수막이 붙어있다. 며칠 전에 내린 눈으로 미끄러워진 길을 발로 꾹꾹 밟으며 걸었다.

은서는 호연관부터 보기로 했다. 입학식을 끝내고 선배들이 캠퍼스 구석구석을 데리고 다니며 알려준 기억을 되살리기로 했다. 호연관 옆에는 조그마한 연못이 있다. 연못은 꽁꽁 얼어있었다. 이곳에서 희수와 한결과 함께 술을 마시던 기억이 났다. 쓴웃음이 나왔다.

주차장을 지나 박물관, 학생회관, 감성코어, 이스퀘어를 지났다. 걷다보니 중앙도서관 앞에 와 있었다. 4년 동안 중앙도서관에서 지낸 날들이 스냅사진처럼 지나갔다. 광교관과 육영관을 지나 공과대학 건물을 지나갔다. 보도블록이 카펫처럼 깔린 대학로를 따라 올라갔다. 대학본부가 보였다.

은서는 휴게실에 앉아 잠시 숨을 고르고 있었다. 이마에 땀이 송골송골 맺혔다. 엘리베이터를 바라봤다. 희수와 한결이 금방이라도 내려올 것 같았다.

"운동했어요?"

"아니."

후배가 종이컵을 내밀었다. 김이 모락모락 나는 따뜻한 커피다.

"땡큐."

"원준 선배 언제부터 친했어요?"

은서는 후배가 어떻게 알고 있는지 궁금했다. 후배 이야기는 간단했다. 이미 캠퍼스 커플로 알려져 있고, 졸업 후 두 사람이 유학을 간다는 거였다. 은서는 난감했다. 이미 소문은 일파만파로 퍼져 있었다.

"언제 가요?"

후배 눈빛은 초롱초롱 했다. 은서는 남아 있는 커피를 마시고 말했다.

"졸업하면."

후배는 자기 일처럼 기뻐하며 두 손을 볼에다 갖다 댔다. 은서는 조용히 일어나 방으로 올라왔다.

졸업식은 10시부터였다. 은서는 졸업예복을 입은 채로 멀리 있는 강당을 보고 있었다. 후배는 자신이 졸업이라도 하는 듯 화장을 하느라 정신이 없었다. 주차장으로 차들이 하나둘씩 들어오고 있었다. 저 차들 중에는 원준이 차도 있을 것 같았다. 마주치면 무슨 말을 해야 할지 생각이 나질 않았다. 마지막으로 본 카페에서 뒤돌아 나오며 들렸던 원준의 목소리가 아직도 귀에 생생했다.

"졸업이 실감나요?"

"글쎄."

"난 선배처럼 언제 졸업할지……."

후배는 뒤에서 은서의 졸업예복을 만지작거리고 있었다.

졸업식장은 이미 많은 사람들로 북적거리고 있었다. 은서도 대충 자리를 잡고 앉았다. 주위를 둘러보았지만 원준의 얼굴은 보이지 않았다. 축사가 끝나고, 후배들 축가가 진행되고 있었다. 졸업식은 1시간 30분을 채우고 끝이 났다.

졸업식장에는 은서의 가족들은 없었다. 은서가 후배들과 사진을 찍고 몇몇 교수들과 기념사진을 찍고 있을 때, 옆에 있던 후배가 큰 소리로 말했다.

"원준 선배다."

후배 목소리에 은서와 후배들이 일제히 원준을 바라봤다. 원준은 가족들과 사진을 찍고 있었다. 원준도 은서를 바라봤다.

"오랜만이야. 잘 지냈어?"

은서는 원준에게 할 말이 없었다. 이미 원준에 대한 감정은 마음 한 구석에서 도려낸 상태였다. 아무것도 모르는 후배들은 자리를 피해 주었다.

"유학은 언제 가?"

원준은 잠시 망설이는 것처럼 보이더니 살짝 미소를 지으며 말했다.

"이번 주 토요일."

"생각보다 빨리 떠나네."

"어머니가 다 준비해 놔서……."

"미국으로 가?"

"아니. 호주로 가기로 했어. 토요일 시드니행 2시 비행기야."

"축하해."

은서는 원준에게 손을 내밀었고 가볍게 손을 잡았다.

"은서야. 그날은……."

"됐어. 난 다 잊어버렸어."

"미안해."

"미안해 할 것 없어."

은서는 더 이상 서 있기가 불편했다. 원준은 할 말이 있는 것 같았지만 이내 돌아서서 후배들이 있는 곳으로 발걸음을 재촉했다.

은서는 저녁에 후배와 정문으로 나왔다. 호수 길을 걷다가 농원으로 들어가 막걸리와 파전을 시켰다. 예전에 희수와 한결과 자주 오던 단골집이었다. 후배는 은서 얼굴을 잠시 살피더니 이내 궁금한 듯 말했다.

"원준 선배와 유학 같이 가요?"

"아니."

"왜요?"

"그냥 그렇게 됐어."

"어쩐지 졸업식 때 분위기가 좀 이상해서요."

"난 아무래도 유학이라는 것 하고는 체질이 맞지 않는 것 같아서."

"원준 선배와는 어떻게 되는 거예요?"

"헤어졌어."

은서는 애써 웃었다. 오히려 후배에게 모두 이야기를 하고 나니 기분이 홀가분해지는 것 같았다. 희수와 한결이 보고 싶어졌다. 전화기를 꺼내 전화를 할까 망설이다 다시 주머니에 넣었다.

은서는 희수와 한결 없이 혼자 졸업을 했다는 것이 이해할 수 없었다. 미안하다는 생각보다는 세상이 미워졌다. 두 사람은 돌아오지 못할 것 같았다. 은서는 옆자리에 놓여있는 빈 의자를 무심코 바라봤다. 늘 옆에 있던 희수와 한결의 의자였다. 은서는 눈물을 흘렸다. 앞에 있던 후배가 화장지를 건네주었다. 후배에게 미안하고 창피했다. 쥐구멍이라도 있으면 들어가고 싶었다.

LK그룹에서 1차 서류 합격이라는 문자가 왔다. 은서가 대기업에 입사서류를 제출한 곳 중에서 유일한 곳이었다. 우선은 희망이 보였고, 다른 몇 군데에도 응시를 했다. 최종 합격이 끝날 때까지는 아직 갈 길이 멀었다. 하지만 이대로 포기할 수 없었다. 같이 한 방을 쓰고 있는 후배는 최종합격할 때까지 얼마든지 같이 있어도 좋다고 했다. 은서는 그런 후배를 예뻐하지 않을 수 없었다. 고맙기도 하고 미안하기도 했다. 며칠 후, 잘 될 것 같았던 LK그룹 인사팀에게 문자가 왔다.

<불합격입니다. 지원해 주셔서 감사합니다>

은서는 최종면접에서 미끄러지고 말았다. 은서는 계속해서 대기업에 입사서류를 제출했고 면접을 보았다. 하지만 계속해서 떨어졌다. 은서는 후배 보기도 미안했고 점점 지쳐갔다.

"선배, 힘내요"

"고마워."

은서가 후배를 안아주려고 할 때, 후배 책상 위에 놓여있는 책 한 권이 눈에 들어왔다. '9급 검찰공무원 예상문제집'이었다. 후배는 영문학과 신입생이었다.

"이게 뭐야?"

후배는 은서가 가리키는 책을 보며 미소를 지었다.

"취업동아리에서 단체로 구입한 거예요."

"취업동아리?"

"네."

"그런 동아리도 있어?"

후배는 책장을 넘기며 말했다. 작년부터 취업동아리가 만들어지기 시작했다고 했다. 종류도 다양했는데 5급 교육행정직, 9급 경찰행정직 심지어는 토플반부터 변리사시험반도 있었다.

은서는 자신은 그간 뭘 했나 싶었다. 후배는 신입생이었지만 지금부터 취업준비를 해도 이르지 않다고 했다. 요즘은 신입생들이 입학과 동시에 취업을 준비하지 않으면 졸업 후 아무것도 남는 것이 없다고 했다. 후배는 요즘 유행하는 신조어인 '취준생'이었다.

후배는 더욱 가슴 아픈 이야기를 했다. 요즘은 2, 3학년 선배들도 상황이 크게 다르지 않다고 하며 진로탐색 수준을 넘어 자격증, 인턴십, 어학성적은 기본이라고 했다. 대학생이 되면 누구나 할 수 있는 연합MT나 축제에는 관심이 없다고 했다.

은서는 얼굴이 화끈거렸다. 후배 이야기는 자신에게 하는 하소연이나 충고처럼 들렸다.

"그래도 너무 삭막하다."

후배는 눈을 깜박거리며 웃었다.

"어쩔 수 없어요"

은서는 후배 머리를 쓰다듬었다. 세대 차이를 느꼈다. 앞으로 봄 날은 오지 않을 것 같았다. 후배는 대학졸업장은 많은 스펙들 중 일부일 뿐이라고 했다. 공대생들은 졸업을 하면 바로 취업에 성공하지만, 문과생들은 형편이 다르다고 했다. 작년부터 '점프업'이라는 진로캠프 프로그램이 만들어졌고 학생들에게 인기가 대단하다고 했다. 특히 신입생들이 제일 관심 있어 한다고 했으며, 내일부터는 학생회관 2층 다목적홀에서 인턴십 박람회가 시작된다고 했다.

은서는 후배와 아침을 먹은 후, 학생회관 다목적 홀로 향했다. 학생회관 앞에는 입학식을 방불케 하는 많은 학생들로 북적거렸다. 2층에 마련된 상담부스 앞에는 <2017 신입생 커리어 박람회>라고 쓰인 현수막이 붙어있었고, 앳된 얼굴의 신입생들이 몰려들어 길게 줄을 서고 있었다. 앞에서는 멘토들이 국내외 인턴십 종류와 영어성적 및 자격증 조건, 면접 잘 보는 팁 등을 알려주고 있었다. 신입생들은 준비한 수첩에 빼곡하게 받아 적고 있었는데 모두들 진지해 보인다. 후배도 긴장한 얼굴로 차례를 기다리고 있었다.

은서는 학생회관을 나왔다. 허탈감과 소외감이 밀려왔다. 세상은 변해 있었다. 은서는 벤치에 앉아 신입생 시절을 회상했다. 희수, 한결, 원준, 규리. 다시는 오지 않을 연합MT, 아르바이트, 축제, 희수와 광교산 산행, 한결의 입영전야 파티, 면회, 정동진 바다. 수많은 추억들이 영화 장면처럼 빠르게 지나갔다.

신입생들은 학생회관 밖까지 길게 줄을 만들었다. 은서는 한 명씩 얼굴을 훔쳐보았다. 웃음 띤 얼굴, 이어폰을 귀에 꽂고 눈을 감고 있는 얼굴, 땅바닥을 내려다보고 있는 얼굴, 생각에 잠긴 얼굴……

은서는 혼란스러웠다. 신입생들이 어떤 꿈을 꾸고 있는 건지 알 수 없었다. 눈을 감고 있던 은서는 후배가 옆에 와서야 자리에서 일어났다. 후배는 선배 멘토에게서 많은 정보를 얻었다고 좋아했다. 부끄러웠다. 돌아오지 못하고 있는 희수와 한결에게 미안했다.

후배가 은서의 손을 잡았다. 따뜻했다. 은서는 기숙사로 돌아오는 길이 멀게만 느껴졌다. 서울에서 직장생활을 하고 싶었던 꿈도 더욱 멀어보였다.

은서는 기숙사 밖으로 나왔다. 바지 주머니에서 진동이 느껴졌다. 언니의 전화다.

"은서야! 취업은 됐니?"

"아직."

"언제까지 거기 있을 거야?"

"무슨 일이야?"

"우선 집으로 내려올 생각 없니?"

은서는 전화기를 왼손에서 오른손으로 바꿔 쥐었다. 언니의 차분한 목소리가 들렸다. 언니가 보육교사로 있는 어린이집이 증축을 하여 보육교사 자리가 필요하다고 했다. 금방 취업이 안 될 것 같으면 부산으로 내려와 도와달라는 부탁이었다. 은서는 생각해 보겠다고는 했지만 후배에게 더 이상은 피해를 줄 수가 없었다. 시간이 필요하다고 생각했다.

다음 날 은서는 언니에게 전화를 걸어 내려가겠다고 했다. 후배는 서운해 했고 떠날 때는 눈물을 보이기까지 했다. 은서는 떠나기 전 날 후배들과 조촐하게 이별주를 마셨다. 후배에게는 서울에 취업이 되면 올라오겠다고는 했지만 마지막일 것 같은 느낌이 들었다.

언니가 이야기한 어린이집은 생각보다 규모가 컸다. 언니는 어린 이집 부원장이라는 직함도 가지고 있었다. 부산 신도시에 있는 규모 가 알찬 어린이집이었고 원생들도 많았다.

언니는 원장에게 은서가 영문학을 전공했다는 이야기와 함께 아 이들에게 영어를 가르치는 교사로 추천했다. 원장도 좋아했다.

은서는 매일 아이들에게 영어를 가르치게 되었다. 시간이 지나면 서 이 일도 보람 있다는 생각이 들었다. 서울과 비교하면 급여 수준 은 차이가 나겠지만 우선은 마음이 편했다.

6월의 첫 번째 주말이었다. 은서는 모처럼 언니와 함께 시내로 쇼 핑을 가기로 했다. 부산에서 제일 번화한 광복동은 변화가 없었다. 부산도 여름이 성큼 다가와 있었다. 거리 여기저기에는 여름옷들이 각 매장마다 보기 좋게 걸려 있었다. 언니도 모처럼 기분이 좋아보 였다.

은서와 언니는 몇 가지 옷들을 장만하고 조카와 형부 옷도 몇 벌 구입했다. 광복동을 지나 카페들이 많은 골목에 접어들자 언니는 어 딘가를 찾았다.

"뭘 찾아?"

"저번에 형부와 한 번 들렀던 카페가 있는데 분위기가 좋았거든."

"찾았다!"

언니가 손으로 가리킨 카페 이름은 '시드니'였다. 은서는 언니를 따라 2층으로 올라갔다. 야외 테라스가 있는 곳으로 가서 자리를 잡고 앉았다. 2층 테라스에서는 도로 건너편 자갈치시장이 한눈에 들어오고 멀리 바다 수평선까지 보인다. 시원한 아이스아메리카노를 사이에 두고 멀리 바다를 바라보니 마음속까지 시원해졌다. 한참을 보고 있을 때 언니가 말했다.

"남자친구 없어?"

"없어."

"대학에서 4년 동안 뭘 했어?"

"형부는 잘 해 주지?"

"자꾸 딴소리 할래?"

은서는 맞은편 벽에 걸린 호주 지도를 물끄러미 바라봤다. 갑자기 호주 시드니로 유학 간 원준이 생각났다. 은서는 졸업 후, 부산으로 내려오면서 다시는 원준을 생각하지 않기로 다짐했다. 가끔 원준이 시드니에서 무얼 하고 있을지 궁금할 뿐이었다. 언젠가 원준이 꿈에 나타난 적이 있었다. 정동진 밤이었다.

"무슨 생각해?"

"어?"

"뭘 그렇게 골똘히 생각하냐고?"

"아무것도 아니야."

"싱겁긴."

언니는 뭐가 즐거운지 커피를 마시며 계속해서 이야기를 했다. 은서는 듣는 둥, 마는 둥하며 언니 이야기를 들어주었다.

"카페 분위기 좋지?"

"어."

"형부도 여기가 제일 좋다고 하더라."

"그래."

"남자 생기면 여기 한번 데리고 와 봐."

"알았어. 그만 나가자."

"마음에 안 들어?"

"아니야."

카페를 나와 주차장으로 걸어갔다. 언니가 차에 시동을 걸고 출발할 때, 시드니라는 간판이 다시 은서 눈에 들어왔다. 은서는 이내 간판에서 눈을 돌렸다.

은서는 언니와 집에 돌아와 저녁식사 준비를 했다. 조카의 옷을 갈아입히고 샤워를 하려고 할 때였다. 전화가 왔다. 한결이었다.

"노은서 살아있었네."

"박한결!"

"잘 지내?"

"그럼 내가 죽었을까 봐?"

"어디야?"

"부산 언니네."

은서는 한결의 목소리를 확인하고 싶은 사람처럼 목소리를 더욱 높였다. 눈물이 날 것 같았다. 그동안 희수와 한결에게 무심했다는 생각이 들었다. 그 둘을 당장이라도 보고 싶었다. 한결의 흥분한 목소리가 들려왔다.

"희수하고 갈게."

"정말?"

은서는 전화를 끝내고 두 손으로 전화기를 꼭 쥐었다. 진정이 되질 않았다. 한동안 잊고 있었던 희수와 한결의 존재였다. 빚이라도 진 것 같은 마음이 들었다. 다음 주에 내려오겠다고는 했지만 은서는 그 둘을 당장이라도 보고 싶은 마음이 간절했다. 은서는 시간이 허락한다면 옛날로 간절히 돌아가고 싶었다.

# 남쪽으로 길게 휘어진 시간

희수는 가게 문을 닫고 나서야 여유가 생겼다. 한결은 마지막 배달을 끝내고 시장 앞 공터에 차를 주차시켰다.

<순댓국집>

희수는 한결이 보낸 문자를 보고는 곧장 순댓국집으로 발걸음을 옮겼다. 한결은 소주와 순대를 시켜놓고 희수를 기다리고 있었다.

"언제 왔어?"

"방금."

한결은 희수의 잔에 소주를 가득 부었다.

"무슨 일 있어?"

"아니."

희수도 한결의 잔에 소주를 따랐다.

"부산에 가자."

"부산?"

희수는 잠바를 벗으며 지금껏 한 번도 가 보지 못한 부산을 상상했다.

"갑자기 부산은?

"어제 은서하고 통화했다."

"부산에 있대?"

"보고 싶지?"

희수는 한결의 잔에 소주를 따라주며 쓰디 쓴 미소를 지었다. 소주가 쓴 건지 마음이 쓰린 건지 모를 일이었다. 희수는 은서를 잊고 있었다. 미안한 마음이 들었다. 은서를 옆에서 끝까지 지켜주겠다던 자신과의 약속은 작아져 있었다.

며칠 후, 희수는 가게 문만 열어놓고는 한결과 대전역으로 향했다. 어머니는 가게 걱정은 하지 말라고 했다. 대전역에 도착한 그들은 새마을호 기차에 올라탔다. 부산까지는 3시간 정도 걸린다는 안내방송이 흘러나왔다. 한결은 마냥 즐거운 표정으로 기차에 올라타기 전에 캔맥주와 오징어, 땅콩을 잔뜩 샀다.

"얼마만의 여행이냐?"

"그래."

"우리 너무 장사만 열심히 한 거 아냐?"

희수는 한결에게 미안했다. 한결이 좋아서 대전에 내려왔다고는 하지만 늘 옆에서 힘이 되어준 친구다. 오늘 만큼은 모든 것을 내려 놓고 싶었다. 차창 밖으로 전봇대가 빠르게 지나가고 있었고, 빨간색 벽돌로 치장된 건물이 보인다. 대학 건물 같았다.

희수는 입학식이 생각나면서 연합MT, 아르바이트, 축제, 광교산 산행, 입영전야 파티, 면회 갔던 일 등이 머릿속에서 뒤범벅이 되었다. 그 중에서 은서와 광교산에 갔던 일이 가장 먼저 떠올랐다. 벚꽃이 만발하던 5월이었다. 눈을 감고 기차가 굴러가는 소리와 함께 벚꽃들을 생각했다. 길게 늘어선 호숫가를 생각했다. 그때 보았던 밤하늘의 별들을 기억했다. 하늘색으로 칠해져 있던 벤치가 보인다. 은서가 어깨에 기대어 밤하늘 별들을 손가락으로 가리키고 있었다. 하나, 둘, 셋…… 언제나 끝날지 모를 일이었다. 별들이 무수히 많았다. 그 중에는 작은 별도 있었고, 큰 별도 있었다. 별들은 작아졌다 커졌다를 반복하며 춤추고 있었다. 벚꽃나무들은 폭죽을 터트리듯 길게 늘어서 있었다. 하늘에서는 별들이, 땅 위에서는 벚꽃들이 약속이라도 한 것처럼 서로 반짝거리고 있었다.

부산역에 도착했다는 안내방송이 들려왔다. 11시가 막 지나가고 있었다. 한결은 피곤했는지 침까지 흘리고 있었다.

"부산역이야?"

"그런 깃 같아."

"내리자."

희수와 한결은 지정된 흡연실로 들어가 담배를 피웠다. 6월이지만 부산은 이미 여름 한복판에 와 있는 것 같았다. 한결이 전화기를 꺼냈다. 은서는 어린이집 아이들을 데리고 '감천문화마을'이라는 곳으로 견학을 갔다고 했다. 희수는 어린이집이라는 말에 스쳐 지나가는 것이 있었다. 서울로 취업이 잘 안 됐다는 것, 원준과는 어긋났을 거라는 예감이었다.

개자식.

한결은 다시 역사 안으로 들어가더니 관광안내책자를 들고 나왔다.

"여기 가 보자."

"어디?"

"감천문화마을."

"은서가 거기 있다며?"

"그러니까 몰래 가 보자."

"어차피 저녁에 만날 거잖아."

한결은 서둘러 택시정류장으로 걸어갔고 희수도 할 수 없이 뒤를 따랐다. 택시는 감천문화마을 입구에 멈췄다. 마을 입구에는 많은 사람들이 줄지어 서 있었다. 벽면에는 감천문화마을이라는 간판이 걸려 있다.

사람들은 사진을 찍느라 정신이 없었다. 그 옆에는 모자이크처럼 생긴 물고기 모양 장식품들이 길게 붙어 있었다. 10분 정도 걸어가자 감천문화마을이 한눈에 들어왔다. 서울 달동네를 닮은 마을의 집들은 따개비들처럼 다닥다닥 붙어 있었고 지붕은 파란색, 빨간색, 하얀색, 노란색으로 칠해져 있었다. 한결은 신기한 듯 한참을 바라봤다.

"신기하다."

한결은 전화기를 꺼내서 연신 사진을 찍어댔다.

"은서를 어디서 찾지?"

한결은 전화기 버튼을 눌렀다.

"나중에 하자. 바쁠 텐데."

"그럴까?"

희수는 이마에 맺힌 땀을 닦으며 아래로 내려갔다. 그늘진 곳에 조그만 커피숍이 나타났다. 둘은 아이스아메리카노 두 잔을 주문하고 파라솔 의자에 앉았다. 사람들이 워낙 많아서 은서를 찾기는 힘들 것 같았다. 한결은 커피를 마시며 관광안내책자를 보고 있었다.

"여기 어때?"

"자갈치시장?"

"그래. 부산하면 여기지!"

그들은 감천문화마을 입구로 올라와 다시 택시를 탔다. 부산은 생각보다 넓었다. 창문을 내리자 생선비린내가 차 안으로 파고들었다. 시장에 거의 도착한 것 같았다. 시장 안에는 각종 해산물과 활어회가 즐비하게 놓여있었다. 한결은 침이 꼴깍 넘어갔다.

"뭐 먹을까?"

"좋지."

시장 안으로 들어가 광어회와 우럭회를 골랐다. 주인아주머니가 안내한 2층으로 올라가니 횟집들이 있었는데 그중에 '하늘어장'이라는 곳으로 들어갔다. 2층은 부산 앞바다가 바로 보이는 곳이었는데 들어올 때와는 다르게 창문 밖으로 바다가 한눈에 들어왔다. 우산처럼 생긴 빨간색 다리가 있었고, 빌딩들과 쇼핑몰이 나란히 서 있다.

"죽인다."

한결은 마냥 즐거운 표정으로 날아가는 갈매기에게 손짓을 했다. 갈매기들이 손에 잡힐 것처럼 날아 다녔다.

"배들 봐라."

한결이 감탄사를 내뱉고 있을 때 주문한 회가 나왔다. 희수도 오랜만에 바다를 마주하니 막혀있던 답답한 가슴이 한 번에 다 뚫리는 듯 했다.

횟집을 나온 둘은 방파제로 걸어갔다. 희수는 술기운이 적당히 오른 얼굴로 기분 좋게 걸었다. 한결도 콧노래를 부르며 난간에 기대어 바다를 바라봤다.

"은서 전화 없었어?"

한결은 바지 주머니에서 전화기를 꺼냈다.

"아직."

"지금 몇 시야?"

"5시 30분."

희수는 따가운 햇빛에 눈을 감았다. 횟집 아주머니는 젊은 사람들이 꼭 가 봐야 할 곳 중에서 '해운대'가 최고라고 했다. 한결은 은서 집이 해운대에서 가깝다는 것을 기억했다.

"해운대로 가자."

한결은 가방에서 관광안내책자를 다시 꺼냈다. 택시는 해운대로 향했다. 시내를 빠져나온 택시는 긴 다리를 건넜다. 다리의 끝이 보이자 뉴욕의 맨해튼 같은 빌딩 숲이 펼쳐졌다.

"아저씨. 저게 뭐에요?"

"센텀시티 아닝교."

한결은 입을 다물지 못했다.

"해운대는 어디죠?"

"바로 요라요."

무뚝뚝한 택시 기사는 '동백섬' 앞에 택시를 정차했다. 여기서부터 섬을 한 바퀴 돌아 해운대에 도착하면 '센텀시티'를 한눈에 볼 수 있다고 했다. 동백섬 정상으로 올라가는 도로가 길게 놓여 있었다.

희수와 한결은 도로를 따라 걸어갔다. 10분쯤 지나자 나무로 된 계단이 시작됐다. 바다가 가까이 보였다. 반대 방향에서 마주 오는 사람들도 많아지기 시작했다. 계단은 계속해서 오르막과 내리막을 반복하고 있었다. 중간 지점에는 바다를 향해 테라스가 있었고, 하얀색으로 칠해진 등대가 보인다.

"등대다."

한결은 숨을 헐떡이며 등대를 손으로 만졌다. 희수도 생각보다 힘들었다. 해운대 바다에서 불어오는 바람이 이마의 땀을 식혀 주었다.

"힘드네."

"이젠 내리막길이야."

한결이 계단을 내려가다 전화기를 꺼냈다.

"은서 문자다."

희수와 한결은 동시에 전화기를 보았다.

<어디야?>

한결은 문자를 보냈다.

<동백섬과 해운대 중간>

다시 문자가 왔다.

<더 베이. 7시>

희수와 한결은 동시에 얼굴을 쳐다봤다.

"더 베이가 뭐야?"

"글쎄."

"물어보자."

시간은 6시 40분을 가리키고 있었다. 그들은 발걸음을 재촉했다. 내리막길은 수월했다. 바다가 어둑어둑해지기 시작했다.

희수는 더 베이가 뭔지 궁금했다. 계단은 끝없이 이어졌다. 중간에 설치되어 있던 가로등에도 불빛이 하나둘씩 켜지기 시작했다. 가로등에 불이 모두 켜질 때 계단 끝이 보였다.

바다 건너편으로 도시가 보였다. 섬처럼 보이기도 하고, 놀이동산 같기도 했다. 수많은 불빛들이 반짝거리고 있었다. 불빛들은 해운대 바다에 거울처럼 비춰졌다. 하늘에 떠 있던 별들이 바다로 모두 떨어져 내린 것 같았다. 희수는 은서와 같이 갔던 광교산 밤하늘이 생각났다. 그때도 별들은 광교산 호수에 떨어져 내렸었다.

호텔이 보였다. 희수와 한결은 잠시 숨을 고른 뒤 호텔 옆으로 트여있는 길을 걸어갔다.

"더 베이가 어디죠?"

지나가는 여자가 손가락으로 반대편을 가리켰다. 그들은 호텔을 완전히 빠져나와 조그만 다리를 건넜다.

"저기다!"

한결은 보물섬을 찾은 탐험가처럼 흥분한 얼굴을 감추지 못했다. 더 베이 입구에는 젊은 사람들로 북적이고 있었다. 사람들은 모두 생맥주와 '피시앤칩스'라는 안주를 사느라 줄 서 있었고, 야외 테라스에는 파라솔이 꽂혀있는 탁자들이 즐비하게 놓여있었다.

"은서가 안 보이네?"

"전화 오겠지."

"우리가 너무 빨리 왔나?"

희수는 생맥주와 피시앤칩스를 들고 와 한결과 마주 앉았다. 더 베이라는 곳에 젊은 사람들이 자주 오는 이유를 알 것 같았다.

"시원하다."

한결은 생맥주를 단숨에 들이켜고는 덧니를 보이며 바지 주머니에서 전화기를 꺼냈다. 시간은 7시 5분을 가리키고 있었다. 희수도 해운대 바람을 마음껏 들이키며 마셨다. 희수는 오랜만에 걸어서인지 다리가 후들거렸다.

"부산에 오길 잘했지?"

"그래."

희수는 주위를 둘러봤다. 어느 새 빈자리가 거의 없었다.

"생맥주 더 사 올게."

한결은 생맥주를 사러 다시 일어났다. 희수는 눈앞에 펼쳐져 있는 센텀시티 빌딩들을 바라봤다. 다리를 건너올 때 택시기사가 이야기했던 것이 생각났다. 해운대를 마주보며 형형색색 불빛을 비추고 있는 빌딩들은 낮에 보았을 때와는 다른 모습이었다. 카멜레온 같다는 생각이 들었다. 낮에는 회색빛을 띠다가, 밤이 되면 어둠을 이용해서 온몸을 빨강, 파랑, 노랑으로 물들이는 괴물들. 희수는 손가락으로 하나하나 짚어가며 빌딩들 숫자를 세어보았다.

하나, 둘, 셋……

희수는 열 번째 빌딩을 바라보다, 기숙사가 생각났다. 새벽에 편의점 아르바이트를 하다가 바라보던 기숙사는 센텀시티 빌딩들을 닮아 있다. 지금은 기숙사는 멀리 있고, 센텀시티 빌딩들은 코앞에 있지만 어디에도 갈 수 없었다. 그 어디에도 희수가 머물 곳은 없었다.

돌아갈 수 있을까.

희수는 담배에 불을 붙였다. 담배 연기는 바닷바람과 섞이며 공중에서 사라졌다. 희수는 고개를 돌려 탁자 위를 바라봤다. 한결의 전화기에서 벨소리가 울렸다. 희수는 전화기를 들어서 통화 버튼을 눌렀다.

"한결아."

희수는 목소리를 들으며 더 베이 입구 쪽을 바라봤다. 멀리서 전화기를 귀에 대고 걸어오는 여자가 보였다. 달밤에 사슴 같은 몸짓으로 은서가 걸어오고 있었다.

작가의 말

누구에게나 꿈은 있다. 소설 쓰기는 내게 꿈이었다. 그 꿈은 영원히 도달 할 수 없는 동경의 꿈이어서 장편소설을 쓴다는 것도 꿈이라고 생각했다. 내가 장편소설을 쓸 수 있을까? 내 자신에게 물어보고 또 물어보았다.

소설을 쓰는 동안 과거와 현재, 미래를 돌아다니며 여행했다. 그리고 소설가가 할 수 있는 일이 무엇일까 생각했다. 아직도 그 해답은 풀리지 않고 있다. 아마도 영원히 풀리지 않을 것 같다. 하지만 한 가지 명확한 것은 해답을 풀기 위해 한 걸음씩 걷고 있다는 현실이다. 소설을 쓰면서 새로운 세상을 만난 즐거움이 크다. 내 인생에 있어서 가볍지 않은 즐거움이다.

많은 분들의 도움이 있었다. 존경하는 한만수 교수님과 청맥회 문우님들이 없었다면 이 소설은 시작도 못 했을 것 같다. 많은 작가의 말에 왜 고맙다는 말이 빠지지 않는지 이제야 알 것 같다. 이 책을 출간해 주신 글누림출판사 관계자 여러분들에게 감사드린다.

무엇보다 영원한 첫 독자인 아내와, 이 소설의 모티프를 제공한 네명의 대학생들에게 고맙다는 말을 남기고 싶다.

2017년 가을 화천 풍산마을에서
김창수

## 김창수

눈보라가 휘몰아 칠 때는 발자국이 남지 않는다. 글을 쓴다는 것은 어쩌면 눈보라가 몰아치는 날 발자국을 남기려 깊게, 깊게 눈을 누르며 인생을 걷는 일인 것 같다. 1967년 서울에서 태어나 경희사이버대학교 문예창작학과를 졸업했다. 현재 엘지유플러스에 근무하고 있으며 <청맥회> 동인으로 활동하고 있다.

### 연어들의 그림자

**초판 1쇄 발행** 2017년 11월 24일

지 은 이 김창수
펴 낸 이 최종숙
펴 낸 곳 글누림출판사

**책임편집** 이태곤
편　　집 문선희 권분옥 박윤정 홍혜정
디 자 인 안혜진 홍성권 최기윤
마 케 팅 박태훈 안현진 이승혜

주　　소 서울시 서초구 동광로46길 6-6(반포4동 577-25) 문창빌딩 2층(우 06589)
전　　화 02-3409-2055(대표), 2058(영업), 2060(편집)
팩　　스 02-3409-2059
전자메일 nurim3888@hanmail.net
홈페이지 www.geulnurim.co.kr
블로그 blog.naver.com/geulnurim
북트레블러 post.naver.com/geulnurim
등록번호 제303-2005-000038호(2005.10.5)

정　　가 15,000원
ISBN 978-89-6327-462-1 03810

* 이 도서의 국립중앙도서관 출판예정도서목록(CIP)은 서지정보유통지원시스템 홈페이지(http://seoji.nl.go.kr)와 국가자료공동목록시스템(http://www.nl.go.kr/kolisnet)에서 이용하실 수 있습니다.(CIP제어번호: CIP2017029440)